U0109896

高手

黃珍珍・著
李錦昱・插圖

【序】

珍珍．哈啦高手

洪春柳

珍珍繼《心弦上的音符》、《偷窺》、《星星堆滿天》之後，結集第四本書《高手》，邀我寫篇序。雖然珍珍和我同為金門文友，可是我們鮮少有交集，記憶中，僅曾在電影讀書會見過，曾在文友創作座談會見過，但我卻有點莫名其妙地答應了寫序的「大事」。

既答應了，就得當成一件事來做。首先，我由書稿中，概括出對珍珍這樣的印象：獨鍾語文，勤於寫作；取材庶民，哈啦成文；興趣廣泛，亦文亦畫。

而生活中的珍珍呢？是否人如其文？文如其人？我反邀珍珍作了一次下午茶的對談。

從小，珍珍就表現出對中國語文的特別偏好，十五歲前，她已大量閱讀了家中黃父的《中央月刊》、《中央日報副刊》，並領略得中國詩詞的意境美。但因礙於對英數理化的恐懼感，國中畢業後，她不再升學，提早進入職場，幫助家計。但其不高的學歷，並未減損她「力求上進」的強烈企圖心。閱讀與寫作，正是一條她「自我挑戰」的長路。

任職於金城國軍賓館十年，她以大量地閱讀館中的書報雜誌來充實自我，任職於中正國小福利社將近十八年，學校的老師們對其寫作亦諸多嘉勉。當然，家人的支持鼓勵更是推動其在寫作路上前進的力量，尤其是黃母，不但支持女兒「讀書寫字」，更是她人生的偶像。從民國六十五年的第一篇投稿〈心弦上的音符〉變成鉛字後，珍珍戀上了寫作，其中，雖因結婚生子停筆了十三年，但基本上，其在寫作的長路上，是勤快且有恆的筆耕者。

情感豐富的珍珍，原本是以寫作來發抒個人的喜怒哀樂，但隨著成長與歷練，她的寫作取材漸擴展為親友的生活記錄，如今，更拓展為庶民生活的百態。取材庶民，思想深度也許不夠，但它能貼近民心，可以得到較廣泛的迴響。作品有回饋，正是珍珍持續寫作的主要動力。

她高興地說著自己如何從朋友的哈啦中來取材，如〈星星堆滿天〉、〈高手〉等文，完成作品後，再如何和朋友哈啦分享。既是哈啦成文、哈啦分享，因此，如何不虛構情節，原汁原味地呈現真實人生，且讓讀者有興趣地閱讀下去，這樣的「可讀性」成為珍珍寫作的目標。她喜歡自己求新求變的嘗試，也喜歡讀者對其「為文順暢可讀」的回饋。

持續寫作多年，文字在珍珍的生活中自有一定的份量，即使在這圖像氾濫的電視時代，她還是肯定文字有其不可取代的功能與魅力。除非年歲日增、眼力不允許，否則她不會停下筆來，因為哈啦不斷，她的庶民題材亦不會中斷。其實，除了寫作，談起彩繪、美容、旅行……，珍珍一樣眉飛色舞，儼然哈啦高手。

《高手》一書，基本上敘述的都是生活故事。作者還是以一貫平易近人的文字，希望引領讀者，輕鬆分享生活點滴、庶民百態。如〈牽手〉一文，寫小琳如何從阿雲的積勞離世、丈夫速牽新手，反省到女人的「為誰辛苦為誰忙」。〈無常〉一文，寫美華如何在醫院裡看生死，照顧壯年罹癌、英年早逝的小弟，領悟到「有錢真好，有閒更好，有健康才是寶」的大道理。而作為書名的〈高手〉一文，則寫蔡爸收女徒弟教乒乓球的故事，蔡媽一個「我也要學」的動念，不僅「智退」了可能成為小三的球妹，還「勇奪」了老人組的乒乓后座，打出意料外的一片天。

有意思的是，〈金門日報〉一文，竟讓我找到了「素昧平生，為何邀序、寫序」的理由，原來，我們都是看《金門日報》長大的！我們都有「出外多日，先生為其整理報紙，以待歸來補看」的經驗，也一樣能完全理解黃父那種「身為金門人，手握金門報」的「感覺」。

珍珍的《高手》結集成書，因緣聚合，我得以先讀書稿，又得以和作者愉快對談，故寫成〈珍珍．哈啦高手〉一文，代為書序。

【自序】

又生了一個孩子

當我把出第二本書的消息告訴在城中任教的好友許秀華老師時，她在電話那頭呵呵笑著說：「哇，恭喜妳，又生了一個孩子了……。」

秀華老師是常給我精神鼓勵的老師群之一，我喜歡她真誠的言語及那永遠爽朗的笑容，雖然她身為國中老師，但與她聊談時我們完全沒距離感，親切隨和的她總讓人感覺如沐春風。

接著她直說著：「妳好偉大ㄛ，妳真的好偉大ㄛ，國中畢業的妳已經超越我們了。」教國文的她，用「這麼重的說詞」，真把我笑翻，有種根本無法招架接住的千斤之重。

我在一陣陣猛笑之後說：「等妳退休後，也可以來執筆為文，當做消遣……」接著，我又說：「可是我覺得我寫的文字很淺顯，文章很沒深度ㄟ，總覺得少了一些意境耶……。」

真的，我從來不敢以「作家」自居，更不認為自己寫的東西能夠稱得上檯面上所謂的「文學」。文學應該是有水準有深度有時代意義的，我充其量只能說是在「文學」的邊緣旁「寫寫作文」罷了。

聽筒彼端的秀華老師說著：「其實，寫文章還是要有條件的，要有敏銳的觀察力和豐富的想像力，要書寫得自然又帶有情感，並不容易。所以，我很佩服妳呢，妳都會『化腐朽為神奇』，把平凡的事寫得活靈活現趣味盎然的，像我們就沒這個本事啊。再說，妳用文字記錄生活，忠實的記錄周遭所有的人、事、物，根本無需去探討所謂的深度問題，重點是將來這些書能留給孩子、子孫們做紀念，而我們卻什麼都沒留下……。」

有人說寫文章是種「無中生有」的事；有人說文章寫得生動精彩是「生花妙筆」；有人說「寫作是人類靈魂的工程師」；更有人說「文以載道」，這些彷彿都賦予寫作是滿「重責大任」似的。以我個人而言，若寫作是如此嚴肅拘謹，則會令我對自己的作品深感汗顏。

個人書寫純為興趣，只是因為喜歡，所以去做，傻傻地無怨無悔的寫，即使夜晚寫到天亮也樂此不疲。

每當我努力完成一個篇章時，我的心情是很愉悅的，好似對自己當下的生活有了交代。一篇篇投稿發表的作文，並非是針對稿費而來，而是一種分享心情故事的喜悅。的確，書中的每一篇章當然都是我的心血結晶。

現在，我出第四本書了，我用秀華老師的一句話來做為自序的標題，同時告訴所有給我精神鼓勵的朋友們，大聲的說：「哈，我……又有了，我……又生了一個孩子了。」

目次

003 【序】珍珍‧哈啦高手／洪春柳
007 【自序】又生了一個孩子
015 一通電話
017 把您放在心底
032 金門日報
037 憂鬱三月
052 彩繪樂無窮
058 壓花趣無窮
063 媽咪的信

065 難忘的阿兵哥
071 七次
074 存款
101 阿芳的故事
111 曉雲的故事
122 高手
126 牽手
130 陷阱
134 捷運見聞錄
139 我家二姊
148 給姑親一個

161 老公笑談
165 離昏
174 爸爸不在家
177 寇比小傳
185 一床棉被
188 鞋子
192 還債
194 傳家寶
197 陰霾
199 樂做學生
201 創意過生活
204 嘉義札記

211 放輕鬆
215 童言童語
220 生活記趣一
225 生活記趣二
232 無常
239 春天的四月

一通電話

大家都知道農曆七月初、七月尾要在門口拜「好兄弟」。往常拜拜時都有老公幫忙擺桌子、拿椅子、端供品、點香、燒金紙……。

可有一年農曆七月底這天，正巧老公出差不在，之前也交代過兒子要幫忙我拜拜，兒子義不容辭，自然一口應允。

下午，看看拜拜的時間快到了，鄰居也來按門鈴通知「要準備拜拜囉」！這時，「鈴鈴鈴」的電話聲響了，兒子接了電話後說了一句：「媽，我出去一下。」就騎著腳踏車急急忙忙出門了，留下錯愕的我心裡想著：「選在這時候外出？看來我要孤軍奮鬥了！」

只好無奈地自己搬桌子、拿椅子、拿臉盆裝水、置放毛巾、牙膏、牙刷、端一碗碗的供品和水果出來擺，再拿金爐、點香、燒金紙……。自己一人忙進忙出地忙了好一陣子，終至拜拜大功告成後，寶貝兒子也騎車回家來了。

我責怪他在我最需要幫忙時他卻「開溜」落跑，存心累壞老媽？只見兒子慢條斯理的說：「媽，剛剛是我同學打電話來說他媽媽有事在台，他也不知道該怎麼來拜拜？忽然間想到我，就來電求助請我過去幫忙。」兒子笑了笑又說：「他還說原本他對我也不抱任何希望的，但沒想到我真的去了他家，幫忙他完成拜拜，讓他好感動哩！」

啊，聽了兒子這番解釋，我不再責怪他了。老實說，兒子和這同學並非「麻吉」，只是國中同班而已，他功課不錯，如今讀的是要考大學的高中，而兒子讀的是高職，平日也素無往來。但兒子能在昔日同窗須要幫助時挺身而出，一通電話，服務就到，雖是小事一樁不足掛齒，雖是兒子讀書不是很優，但他善良敦厚、樂於助人的品德讓我倍感歡喜欣慰，感謝上蒼賜給我一個好兒子哩！

把您放在心底

婆婆走了，真的走了！再也不回頭看我們一眼，再也無任何表情與言語，世界的躍動，生活的繽紛於您在剎那間全都靜止停住轉動。

雖然之前幾年，婆婆也曾身體稍為欠安過，但老天保佑，總是雨過天晴，因而此次婆婆住院，我們都對婆婆有著絕對的信心，深信老人家還是能通過這身體上的小小障礙。

不想五月三十日（農曆閏四月初八）下午二點五十分，忽然接獲老公打來的電話說您往生了，要我趕快請假回去。

聽聞這個惡耗，我一時也無法相信，心裡一陣陣難過，我竟沒機會再與您說上話了。我到小女兒班上向老師請假後，與她一起坐車直奔古寧頭舊宅……。

跨入大門進了客廳，大嫂、三嫂、六嫂已跪在您身旁燒「庫錢」，我跪了下來，大嫂掀起蓋在您身上的金黃色寫滿佛字佛號的往生被讓我看您最後一眼。

您穿戴整齊，面貌安祥，好似睡著了一般，好像還在做著一個好夢，但事實是您再也不醒來了。我好難過，真的，我好難過，雖說「離世往生」是人生最後的必然，但人非草木，面對著這個「死別」，我怎能無動於衷毫無傷感喟嘆呢？眼前，只覺人生如夢，婆媳緣盡啊。

回想將訂婚時，耳聞親戚說您為人一絲不苟又有潔癖，當時我心裡也受到一點壓力，心想以我粗枝大葉的率直個性，不知道您會不會挑我毛病刁難我？初為人媳，心中還真有點七上八下忐忑不安呢。

結婚那天，您老笑逐顏開。當我端茶給您喝時，您在茶盤裡放了一個戒指，那是您給我的見面禮，您還牽著他的手給我，對我說著：「以後就把他交給妳了。」和善的笑容剎時化解了我的「戒心」，亦讓我感覺到今後我對這身旁的新郎「責任重大」。

猶記新婚兩個月時您就頻頻問著：「有沒有好消息？」我總搖搖頭給您失望的答覆，您急於抱孫的神情真讓我不知如何是好呢。所幸隔年（七十年）的元月八日我總算沒有辜負您的期望，為您添了個男孫。出院那天，當您與媽媽一起到醫院來接我和小娃兒回家時，一路上您笑得合不攏嘴，高興著自己的么兒也有下一代了。

您三十六歲就娶媳進門，從此「遠庖廚」，家中大小事都由大嫂打理。因此，我做月子期間都是由大嫂來負責照顧。記得有次大嫂比較忙，延誤了我的「點心時間」，忽然，此刻我驚見已三十多年沒進過廚房，動過鍋鏟的您卻端了碗有點炒焦的「薑絲麻油豬肝」進來說：「很多年沒下廚了，不知鹹甜如何？妳吃吃看。」啊，就算烹飪手藝不怎麼好，想必那也是您忙了好一會兒又是洗又是切又下鍋才炒好的「愛的點心」，所以我都整碗把它吃完。

不過，我也不想您老人家過於勞累，我說：遲個幾十分鐘根本無關緊要，您只要來看看您的寶貝孫子就好了，千萬不要再進廚房和那些刀啊、砧板、鍋鏟及油、鹽、味精、薑絲、油煙的大戰一番。

婚後，我在古寧頭婆家整整住了三個月，後因住處離我倆工作地點十分不便，我得坐一班車後又走十分鐘的路才到金城的上班地點，而老公得轉坐三班車才能抵達安瀾國小，如此來回往返，早早出門晚晚回家，久了就覺得累。

所幸，您很體諒我們交通不便的辛苦，徵得您的同意後，我們新婚的小倆口就搬到金城住。由此可見，您是個和順好溝通的長者，只要兒子媳婦好，您就什麼都好，「婆媳過招」的戲碼一點也不會在我們生活中發生。

婆婆您一向住古寧頭大哥家，一家四代同堂十分熱鬧。沒事就剝剝海蚵、養養雞鴨、餵餵狗，不然就四處走走串門子，生活十分愜意快樂，有時星期假日我們回家還常找不到人呢。

您知道我們都喜歡吃海蚵，一見到我們回家，總把剛剝好

的海蚵通通倒給我們帶回，也常說著：「早一點回來比較有時間多剝一點海蚵帶回家去煮」。婆婆關愛兒子、媳婦的心，我們都感受到了哩。

我也常對您開玩笑說：「我就是為了喜歡吃海蚵才嫁到古寧頭來的啦！」常樂得您呵呵笑得眼睛瞇成一條線。而我不只喜歡吃海蚵，我也喜歡「剝海蚵」，我覺得在尋覓蚵的開口與剝蚵的過程中充滿了趣味。當然，我這「客串」的和「專業」的您和大嫂相較起來，其速度與技巧是遠遠不及您們的快、狠、準啊。

您老人家喜歡拜拜，我們婆媳亦常相偕一起去寺廟拜拜，您也總說我買的金紙「不夠多」，我知道您也是為我們好，希望多燒些金紙給神明、菩薩，他們就多保佑我們一些。所以，往後我對神明、菩薩就「不再那麼小氣」了，都順著您的意多拜一些金紙好祈求庇護囉。

婆婆您知道我這小媳婦是新一代的人，又在上班，比較不會熟記諸多拜拜日期，因此，祖先忌日或神明生日要到了時，總要提前一兩天來電「通知」，好讓我上市場採購物品。想到這，如今少了婆婆您的叮嚀提醒，往後的拜拜我都得自己去一一記住了。

農曆五月底是您的生日，您生日是我們家族的「年度大事」，四代人聚在一起把大哥家的客廳都擠滿了，小孩們會結伴去送親戚、鄰居們紅龜粿和紅蛋，中午時齊唱生日快樂歌後再切大蛋糕，午餐時四桌坐滿大人和小孩，這場面真是熱鬧滾滾啊。

當然，每年生日我都送您紅包，親口對您說著：「媽，祝您福如東海、壽比南山，永遠快樂，老康健喔。」您看著一代代的子孫繁衍成長，有的叫「阿嬤」、有的叫「阿祖」，總是笑得好開懷，更小心翼翼地把一個個的「孝親紅包」藏起來，等著過年時您要準備一大疊紅包，來一家發一家，每家都通通有獎哩！

有時星期日回去探望您時，您總把拜拜過的水果、餅乾都捨不得吃要留給孩子們，有些水果不經放的都有點爛了，甚至糖果也發黏了，但我還是全數帶回，那是您愛兒孫的心意啊。說到這，我想起您每每看到我疼愛懷抱中的孩子時的神情時總說：「噯！我那麼多孩子，也不懂得像你們一樣的把孩子這樣的惜命命（非常疼愛呵護之意），那年代有得吃『番薯粥』就不錯了。」

其實，母愛是天性，想想您那脾氣衝、不耐人家數落，多說兩句就翻臉的么兒有時對您也是十分率性，您氣了幾分鐘後總會說：「唉，這個小兒真像一頭牛似的。」可說歸說，臉上疼愛的表情一點也沒減少哇！您更常私底下對我說：「父母疼小兒，我也是最疼他的啊，他有時還這樣番巴巴的……。」所幸這幾年，老公年歲漸長，也慢慢地改了他那「橫柴拿入灶」的牛脾氣，不再像以前「翻臉像翻書一樣快」，動不動就「大小聲」的火爆浪子型。

有時，我獨自回家探望您，偶而忍不住會向您「狀告」您的小兒我的老公，您也總會說：「婚姻是緣份，大家相知個性就好了。」

以前您身體硬朗時偶而會來家中小住幾天，常常一大早我們還在睡夢中時，您早就在三樓佛廳拿著念珠在菩薩面前燒香誦經禮佛了，遲鈍的我都沒發現這事，還是小女兒告訴我說：「媽媽，阿嬤每天一大早都在三樓唸完『阿彌陀佛』後才下樓的喔。」我只知下午我下班時，您早已把院子裡的衣服都幫我收好，一件件摺好放在椅子上等我歸位放回各人的衣櫃內。

實在說，您住我這兒沒得串門子、餵餵雞鴨、吆喝一下狗狗、剁剁海蚵做做什麼的會覺得很無聊，比較不能打發時間。一大早上班上學的都出門了，只有晚餐才是相聚時刻。但即使如此，您住個幾天也覺得很開心，每次您要回去時我總一再要多留您再住幾天，請您和您的「小兒」、孫子、女們多陪伴幾天。您總說：「這樣就夠了，下次我想來時再來，總覺得還是住古寧頭自己的房間比較習慣。」

這令我想起山外的三嫂和六嫂，她們在一樓亦為您留了個房間，可您也是一樣頂多住個三、五天後就「跑了」。俗話說「金窩銀窩不如自己的窩」，您已習慣您睡的床、您的衣櫥、您的桌椅、您所擺放的一切物品，就像我也習慣我家中的一切一樣，我們又如何能留得住您呢。

在娘家時老媽常不忘隨時隨地給我們「上課」，教導我們如何做人處事，教育我們為人子、為人媳、為人妻時要如何盡其本份地扮演好自己的角色，這些耳提面命之言讓我謹記於心。想及婆婆您一口氣生下了八個男生都沒有一個女兒，而老公的母親也就是我的母親，因此，在與您相處的每一個時刻裡我都是笑臉以對，從沒有難看的臉色或一句頂撞的話。母親也常說：「老人如小孩，只要多招呼些，心裡就很高興了。」再而，您老一向亦把媳婦當女兒看待，大家和氣相處，自然也無不愉快之事發生。

猶記有一次您來我家住，剛好五哥也回金門看您，無意中我看到他偷偷的告訴您說：「妳在這兒只管吃、住就好了，其他的事通通不要去管人家喔。」言下之意要您不要插手管我們的一切內外家務事，更不要「碎碎唸」……。我聽了猛笑，他還不知道他老媽就最喜歡與我「開講聊天」，說說一些前塵往事、古老的歷史。就算有時您會對我碎碎唸吧，我根本一點也不以為意，老人家嘛多說幾句又有什麼關係呢？若要說到唸功，我老媽可是高手，我已是修煉得「爐火純青、登峰造極」，心境已然古井不波的我，能有什麼好讓我動怒的？我們相處的時光一直都是和樂愉快的，我想您疼我的心應該是和您的小兒一樣劃上等號吧。

婆婆您走了，我們之間的緣份劃下了句點。看著您一臉安祥地躺在舊宅大廳邊，想著您從住院到往生的兩個月又五天的日子裡，一切的情景點點滴滴都那麼清晰，彷如昨日般地在我眼前一一浮現。婆婆您怎麼現在卻睡在這兒不再和我開講了？

您住院的日子，我們妯娌都分配好看護表，大嫂、三嫂、六嫂負責週一到週五，我輪週休二日。我們也著手去申請外勞看護，好讓您出院後有更週全的照顧。您自三月二十七日住院後，在醫生、護士小姐的細心診療照顧下日有起色。四月二十一日星期六輪到我看護時，一到您床邊您已不用打點滴了，坐在床上神情愉快的說：「醫生講說我可以出院回家了……。」我也很替您高興，您身上的病痛解除了，恢復了往昔慣有的笑容。

在週休二日整整二天的相處時光裡，我們是極和樂的。您仍會說說以前的事給我聽，有時說到一些有趣的情節，讓我笑得要命。我們沒搭伙，三餐都自備，早上我去接班時，嫂嫂都已弄好早點給您吃過及吃藥了才離開。我自認烹飪技術不佳，所以都買了麵線糊或鹹稀飯或廣東粥、餛飩肉丸放在保溫鍋內帶去當午餐。我們婆媳一起用餐，您總要催著我「吃完」鍋底食物，說剩下的丟掉浪費，我還真有點擔心發胖哩。

洗好碗筷後，您總要催著我「去睡一下，去睡一下」。我看我若不去對面空床躺著，您是不罷休的。就順著您的意脫了鞋躺著，閉上眼睛後居然也真的睡著了。晚餐時刻，有時嫂嫂晚點來接班時您也頻頻催著我和老公「先回去，先回去，家中三個孫子都還沒吃晚餐呢。」但我們總等嫂嫂來後再走，自己有車也不差多少時間。

您住院一個月後情況還不錯，醫生說可回家靜養，這對您說真是一個好消息，您天天期待的就是能回到家裡，回到您一切熟悉的住處啊。申請的看護沒那麼快來，我們商議著仍照以前排班輪流照顧您。四月二十八、九日週休二日，我照例到古寧頭陪您，但這兩天您卻睡覺的時間多，醒著的時間少，也沒再問著：「今天妳買了什麼吃的？」午餐時您是在「半睡半醒」中讓我餵著您吃，吃藥後您小坐一會兒又倒頭繼續睡，睡得很沉很沉。我想，能夠睡覺也好，睡覺能忘卻一切煩惱，忘卻一些身體上的不適。

但是，回家一星期內幾乎都在「昏睡中」的您後因需洗腎又再度住院。醫院有醫生、護士小姐照顧，量體溫量血壓打點滴的我們比較放心，住了院您精神又來了，不再像回家的那幾天一直「昏睡」。

有天，大嫂笑談著說村內隔壁家要辦喜事，也頻頻到家中來探探情況，怕萬一婆婆若有不測，那時日子訂了而紅、白事撞期就不好處理了。我們都一致信心滿滿地告訴鄰居：「沒問題，我家婆婆情況不錯，妳們就照原訂的日子發喜帖請客……。」我們想您還能渡過一段好日子呢！

住院後三個星期來情況都還好，您坐在床上有說有笑，胃口也不錯，對床的阿伯拿餅干、葡萄干給您吃，您都有吃些，剩下的還全拿給我吃。我一直陪在您身旁從沒離開過，有時您累了要睡了時，您總說：「妳去看書，去看妳的書吧。」

其實，您老人家也是很體貼晚輩的，從不會擺個臉孔來嚇人。而院內同住院的阿公、阿婆和歐巴桑們都喜歡問您：「阿婆，您那麼多媳婦（六個），妳最疼那一個？那一個最孝順啊？」您總是笑笑說：「每一個都很好啊，每一個都很孝順，只要知道她們各自的性情，不做過份的要求就好了。」看來，婆婆還真是一個深藏不露，頗有智慧的長者哦！在佈滿皺紋常帶笑容的臉孔下也藏有一顆晶瑩剔透的心啊。

您二度住院期間，從小就給親戚收養的七哥也從台北抽空來金探望您，您高興極了！緊緊握住他的手，噓寒問暖聊談個不停。這個從小分人疼愛，跟隨養父母一直住台的兒子，在您心中那母子之間的親情是歲月與空間所不能抹煞的啊。

那是我第一次與您心中念念不忘的七哥見面，不想卻是在您病榻前，但母子得以再次團聚相會，也是人間美事一樁啊。

五月份的前三個星期，您情況倒也平常，只是有時累了疲倦了多睡一點，但隔天洗腎後又神采奕奕，精神十足。遷台居住的五哥夫婦也曾多次往返探望照顧，最後一次回金時看您也無「大礙」，應是很快就可以出院回家靜養，回台後就把原本已訂好日子後因您生病住院就一直「暫緩」全面整修的房子給「解禁」了，開始動工整修的工程。因為，我們對您的病情都懷抱著樂觀的態度。我還在想，再一個月學校就放暑假了，放假了我就可以有較多的時間來陪伴您，不用再等到「週休二日」不上班的時間。

誰知到月底時，您一向平穩的病情有了狀況，主任馬上為您開刀動手術後二度進入加護病房。五月二十六日星期六，我在「眷屬休息室」內枯候等探望時間的到來，等著自動門的開門聲。門開了，我端了碗麥片要餵您吃，您卻熟睡著，我站在床邊沒有叫醒您，睡覺忘記一切，我不忍一進來就驚擾到您的美夢。

我靜靜地看著您，熟睡中日漸削瘦的臉龐，瘀血一大片的手臂（血液回流所致），吊著的點滴、輸血袋，雙手雙腳及身上洗腎用的導管，這麼多的管子，我看了好難過，婆婆要如何來承受這麼多的疼痛呢？

如果說人生是一條有去無回的單程道，假若老天爺要來接引她到另一個地方，我希望她能在平靜毫無任何一絲痛苦中離開而不是插了這麼多管子處在痛苦中。看著看著，我忍不住悲從中來，忍不住眼淚一顆一顆往下掉。這時六哥也進來探望您，您也醒了，張開疲倦的眼睛問著：「幾點了？」又說：「唉，住在這裡一天一天也沒有比較好轉，我想回家，我想回家去……。」我問您那裡不舒服？那裡在甘苦？您嘆了一口氣說：「說不出來……。」我們安慰您說：「這裡有醫生、護士小姐在照顧，等您好了我們就回家了。」

一直在住院，您想回家的心是那麼地熱切，但我們又怎能眼睜睜地讓您不接受醫療而斷然回家呢？再而，我們也深信您會再撐下去的。

五月二十七日星期天，加護病房的護士要替您換衣服，要我去拿幾件寬鬆好穿的衣服來，我到您之前住的病房桌櫃內拿了幾件入內，您看了卻幽幽地說：「人都要死了，還要那幾件衣服幹什麼？」我聽了非常難過，婆婆您怎麼說這麼喪氣的話啊！您的心情是那麼的絕望、無助，望著您歷經歲月的臉龐，您竟不再浮現著以前熟悉的笑容。

我們擔心您會失憶忘記了一切，一個個站在您眼前問您：「這是誰？」您轉動著眼睛，努力地認，費力地想了一會兒倒也能正確的一一說出名字，這令我們都鬆了一口氣說：「還好，還好，都還記得……。」晚飯時您胃口也不錯，我餵您吃了碗六分滿的濃稀飯，看到您吃了東西，我們也稍稍安心了些。

加護病房探視時間有所限制，不能像在普通病房時可以從早到晚時時陪在您身旁，這讓我覺得時間很難捱，看書也看不下了，有時枯坐發呆，有時在走道走走，等候著下一次的開門時間。

您的小兒，打從您住院後每天都去探望您，您也常常對他說：「要多多在家陪陪老婆、孩子，不要成天喜歡在外趴趴走。」我們兩人獨處時，有幾次您總關懷地問：「他最近有比較乖了吧？都有在家多多陪妳們嗎？」我說：「有，有比較顧家了，沒有再成天往外跑了……。」您聽了後露出「欣慰」的笑容說：「我都有在說他呢！他現在年紀有了，卡會想了吧……。」然後我們兩人都笑了起來。婆婆您是聰明人，您的小兒子個性、脾氣如何？您其實是都「瞭如指掌」的，如今他能有自覺地慢慢改變，我在您的笑容裡也看到了「放心」兩字。

原想星期三晚上孩子們沒補習，再帶他們一起去看您的，不想星期二中午時您就被救護車火速送回家了……。加護病房週休二日變成是我與您相處的最後時光，我竟沒機會再與您說上話了。

您和大家開了一個玩笑，一個悲傷又無奈的玩笑，鄰居也慌了手腳，預定婚宴的日期也趕緊取消了，五哥夫婦也趕緊擱下瓦礫滿屋灰頭土臉的房子火速直奔回金。

婆婆，大嫂把您裝扮得整整齊齊、漂漂亮亮的，慈祥的您在客廳一旁的「水床」上靜靜睡著。雖說您已八十七高齡，生命的結束是自然現象，再而您子孫滿堂，說您是「福壽全歸」亦名副其實。但面對這樣的「別離」，想著我進入您家門中與您相處的點點滴滴，我們所曾共處的情景都歷歷恍如昨日般清晰，如今您怎麼說走就走了呢？而且走得這麼匆忙？可知我心中仍有萬般不捨啊！

我燒著一張張的庫錢，心想：婆婆，您安息吧！您解脫了！不用再承受著身上的任何病痛，不用再一直伸手想拔掉身上所有的管子，您的所有苦痛都消失結束了……。

五月三十一日下午，您的六個兒子和兩位乾女兒親手扶您入殮。我感嘆著生命的盡頭，人生最後的歸宿也只是一具棺木罷了。在我們活著的時候又如何能不珍惜眼前所擁有的一切呢？

一向虔誠禮佛的三嫂也請了山外「護國寺」的師父師姐們來為您誦經，讓佛祖來接引您到西方的極樂世界去。我們手拿經書也十分虔誠的用國語來「助唸」，因為師姐們說：「閩南語不會唸，用國語唸也可以。」原來只要心誠。國台語都嘛也通。

六月七日是您與塵世「告別」的大日子，早幾天前在台的後輩子孫們就都已陸續回金，我的爸媽，五嫂的父親，在台的扁姐都特地趕來送您這人生旅途的最後一程。

婆婆啊，請您原諒我沒有呼天搶地、嚎啕大哭，我也不會「心肝我母」的唸唸有詞。您是知道我的，我把難過和不捨都放在心裡啊。

證嚴法師靜思錄中曾言：「世上有兩件事不能等，一是孝順，二是行善。」我自問在您生前的日子從未忤逆過您或有任何一絲不悅的臉色。孝順，真的要及時要現在，人生變化多端，福禍無常，當堂上父母還能走、還能吃、還能說話時，應該珍惜彼此所共處的時光。

婆婆，您往生了，不論多少的哀嚎與呼喊都喚不回您了，您是永遠不回來了。當棺木緩緩入坑時，唉！婆婆您從此長眠地下，陰陽兩隔啊！婆婆，黃泉路上您要好好走，希望為您配戴的「夜光珠」項鍊及頭巾上、鞋面上也都各釘了的夜光珠能發揮最大的功效，讓您在幽暗的路上時時有亮光照耀陪伴，更希望您能與早走二十六年的公公相聚相會……。

頭七的「叫飯」儀式，早上下午我都到，當車子奔馳在鄉間小路上時，藍天白雲陽光燦爛，道路兩旁田野翠綠、鳥兒悠遊飛翔，世界仍是這麼美好，而您卻不在了。回想往常回到村子裡時可見到您笑起來瞇瞇眼的臉，而今卻只能看著掛在廳堂上您的相片。唉！人生就是這麼一段悲歡離合、生老病死的旅程啊。

每天晚上我上三樓燒香時，看著祖先的總牌位，總想起那是去年冬至時您親自帶了祖先的「香灰」來家中「安位」，您說以後就不用再回古寧頭老宅祭拜。難道說冥冥中您已預知您時日不多，這件您一直記掛於心的事，您都趕著在去年辦妥。

猶記正月十六日那天是您最後一次住我們家，在我扶您由一樓到三樓慢慢地一步一步踏上階梯時，我就感覺到您體力已大不如前了，不想一個半月後您就住院了，更從未想到兩個月後您真的就離開我們了。

今天九十年七月十七日，是您入土為安後的第四十九天，我們婆媳之間所曾共有的記憶仍是如此明亮鮮活。婆婆，雖然在現實生活中我再也看不到您的音容笑貌和身影，但我對您的懷念並未稍減，婆婆，我將懷念全數存放心中，婆婆，其實您並未遠走，因為，今後您永遠住在我心裡，我「把您放在心底」啊。

金門日報

老爸來電說：「金門日報收到了，每一張都仔細看過了，家鄉的所有事情我都知曉明瞭了，我看得好開心，好歡喜啊，查某子啊，謝謝妳……。」

拿著電話，聽著話筒那頭傳來老爸那心滿意足、興奮無比的聲音。天啊，我好感動，好想流淚喔。就只是舉手之勞寄幾份家鄉報而已，卻換來老爸這麼大「滿心歡喜」的快樂，真是始料未及。

回想我要回金門時，老爸一再的對我叮嚀說：「有空時寄幾張金門日報來給我……。」

以前老爸在金門時，一大早到「莒光路」的店裡後，最期待的就是早早送到街坊左鄰右舍店裡的金門日報。

那彷彿是老爸一日之計在於晨的「開工大力補氣丸」，總要把所有的紙上新聞看了看、瞧了瞧後，方才像「早餐吃飽了」似的，精神愉悅滿足地開始手頭上的工作。

老爸愛看報，可從來「未訂報」，他都看免費的報。因為，街坊鄰居的商家都有訂，都自動拿到店裡與他分享，更遑論常常「敬老尊賢」地送來讓老爸「先睹為快」囉！

老爸明明是個「文人」的料，可偏偏選擇開店做生意。但賺錢對老爸而言，彷彿又不是挺重要的事。宅心仁厚的老爸從來學不會「獅子大開口」的賺取別人不會的技術工資。而看報是他每日的習慣，就像吃飯、睡覺一樣的是生活所需。

前數年爸媽去台與兒子們同住，沒了「金門日報」可看，但愛看報的習慣未改。他每天一大早起床第一件事就是跑到超商買份報紙看，不是聯合報就是中國時報。我知道老爸只有透過看報才能滿足他精神上的需求。

而往往為了太專注於看報，任由房內的老媽叫喚亦無所知時，氣得老媽常吃味地說著：「那幾張報紙就比我重要？」有時更忿忿不平地說：「你那麼愛看報，以後往生時，教孩子們通通燒報紙給你就夠了！」我在旁聽了，總暗暗發笑。

而最經典的畫面常是老媽躺臥在床，老爸拿著報紙坐在椅上床邊陪著老媽。報紙陪著老爸，老爸陪著老媽。唉，夫妻間若「氣味」不相投，確也是件磨人的事。可以前是父母之命、媒妁之言的婚姻，容不得自我選擇，更沒有「重來」這回事。

老媽往生後，老爸身旁忽然「空了」。所幸他老人家還有濃厚的「看報嗜好」可以打發時間，只是耳旁永遠少了老伴抱怨的言語了……。

我家後面就是四號公園，下午時分偶而我會陪伴老爸到公園走走，陪他到公園的中央圖書館內看「金門日報」。雖然不是當日的新聞，但那有啥關係呢？老爸看到「金門日報」像看到「親人」一樣的歡喜。總是聚精會神的看得津津有味。出外人他鄉遇故知時常說「人不親土親」，而老爸是連金門日報「都親」啊！

老人家離開熱愛眷念的家鄉是為了在孩子身旁有個照應。每當老爸要回金時，神情總是像個孩子似的特別興奮，說他眉開眼笑、手舞足蹈，一點也不為過。

八十五高齡的老爸雖然「耳不聰」，但「目超明」，閱讀報紙，一字不漏。回金小住時，「金門日報」重新又餵飽了老爸的「身心靈」。

早早數十年前也曾常耳聞「金門日報」沒人看，沒啥可看。但也許那時是軍管時期，消息較封閉。現今時代變遷，箝制的緊箍咒已解禁，家鄉人就應該知曉家鄉事，知道政府有什麼決策，有什麼政令要宣導，在家鄉這塊土地上有什麼人物、什麼故事，這在在都值得讓我們去關心，去仔細閱讀看報，才能通曉一切。而家鄉報就肩負了這樣地使命。如今，金門日報閱讀者眾，早已「洗刷」那「沒人看」的說詞了！……

以我個人習性而言，是看報多過於看書的。原因是報紙的新聞、時事是整個與我們生存生活的社會相結合，習習相關的，它給我們第一手資料，讓我們清楚明白整個時代的脈動。

我可以少看書，但不能不看報。我在智能方面的成長就是靠著每日的閱報而來，一日不看報，如隔三秋，三日不看報，生活無味，面目可憎。

而當我居留在台時，老公也總貼心地把每一天的報紙給收集、保留著，等著我回金返家時，胃口大開、大快朵頤地盡情吸食我的「精神食糧」。我荒廢家事、草草烹煮三餐，成堆成疊的金門日報讓我從早看到晚，只為了彌補那飢渴已久的心。報紙沒一張張詳細過目後，我是捨不得丟的。

雖然現今資訊發達，打開電腦一樣可看「電子報」。但是，無論怎麼看，感覺就是有點差。總覺得要把報紙給真真實實地拿在手中看才有生命，才有「感覺」，才有無窮的樂趣。——

老爸住台後，斷了他最愛的金門日報，聯合報、中國時報一樣是印成鉛字的報紙，可看來看去都是台灣本島的新聞，總覺得少了家鄉那「血濃於水」的感情元素。因之在看他報之餘，仍有著「空虛」的缺憾。……

住在金門的家鄉人也許未能深刻地感受到住在家鄉的悠遊自在、住在家鄉的幸福與滿足，那已然是一種習慣。我也常聽出外人說「他鄉住久了也變故鄉」，可住在他鄉的鄉親大部份仍心念著家鄉，情繫著金門原鄉。就如我南門娘家的鄰居，早年遷居花蓮的文棟大哥，他說早幾年前每個星期日都抽空到圖書館好好去閱讀一星期來的「金門日報」，瞭解家鄉的所有新聞情事。無意中聽他談及此事，當下令我好感動。

還有，我「寫作文」的功力也是由金門日報磨練出來的。飲水思源，金門日報是孕育我邁向文學之路的搖籃。所以說，我能不愛金門日報嗎？

我答應老爸，每星期寄一次（七份）報紙給他，讓老爸「一次看個夠」，雖已非「新」聞，但那又何妨？那一點也未曾影響老爸心中對家鄉「金門日報」滿滿、熱熱的深厚感情啊。

近日，我聽聞文棟大哥也訂份「金門日報」時，當下馬上去電金門日報「服務處」詢問，但令我詫異的是「金門日報」服務到家，境外訂報竟然不需多加運費（就算需加運費，那也是應該的），馬上替住永和的老爸訂了份一年期的「金門日報」。當話筒裡頭傳來老爸那喜孜孜的像孩童似的說著「好期待十月一日起金門日報就會出現在信箱的那一刻」時，語氣中那「歡欣鼓舞」的興奮之情，讓我感覺到這金門日報的魅力，遠遠勝過給他個現金紅包還來的優哩。

最後我還是和我那可愛的八十五高齡的老爸一樣，大聲說著：「金門日報，我不能沒有妳，金門日報，妳是我的最愛。」哇咧，有多愛？啊，哈，就以港星郭富城唱的那首歌「我對你愛、愛、愛不完……」來做為本文的結束是最為恰當的囉！

憂鬱三月

人生常有許多意想不到的事，我更從來沒想到我會患了整整三個月的「憂鬱症」。話說九十六年十月初我赴台，赴台的主因是「看眼疾」和「整治牙齒」，再來是參加婚禮，還有探望陪伴父母。

當看了眼疾，喝了喜酒後，接著就是我的「整牙大事」了。說起整牙，真令人懊惱。遠在十幾年前，為了一勞永逸為了不想被「一痛要人命」的牙齒「整」，我就很有遠見地把牙齒來個「全面大整修」，該拔的拔，該做牙套的做牙套。心想這輩子不用再「被牙齒煩」了，誰知多年後禍事還是發生了！

那就是我上排右邊的一顆牙套的陶瓷竟然崩裂一小塊掉了下來，露出了一小塊黑黑的「內胚」。再後來，變成整顆牙「外套全脫」變成了一顆「黑牙」，更嘔的是再後來連隔壁的那顆牙也受波及也全然崩裂變「黑了」。

天啊，兩顆脫掉白外套的黑牙，讓我在攬鏡自照露出我一貫親切的笑容時大大地打了折扣。尤其在和親朋好友談話閒聊時，她們都會問；「妳的牙齒怎麼了？」

可想而知，這「兩顆黑牙」已嚴重地妨礙影響到我的門面，每次看著這有礙觀瞻的「黑牙姐妹」，著實越看越火。

之前曾帶女兒來台整治過牙齒，診所的張醫師技藝高超，女兒讚不絕口。因此我趁來台之便想順道把這整牙大事給辦了！

十月八日走進診所掛號，自此正式開始了我往後一連串的治療流程。

原想整牙應該不至於耗費多久時日的，不想它繁複的療程所延宕的時日非但整個影響了我回金的日期外，連帶地也嚴重的引發了我身體上的諸多不適……。

總共有六顆牙要做牙套，初時的幾次治療還好，我和醫生有說有笑的。但當療程做到一半時，身體漸漸地出現狀況，常常頭暈、眼睛刺痛、有時心跳急促像打鼓、有時又緩慢得像快斷了氣、更可怕的是左邊的臉不時地像有無數小蛇在爬行似的，一直不斷地抽搐著。我害怕極了，心想：這種症狀是否就是所謂的「顏面神經痲痺」？

隨著一次次地治牙療程，隨著原本就有的眼疾做怪與治牙相互影響糾纏，頭痛、頭暈、腰痛、腳痛、手腳痲痺、失眠，身上的病痛接二連三地竄起，幾乎沒有停過。它們肆無忌憚地在我身上「四處造反」，我三天兩頭地猛跑醫院看診。我感覺身體越來越虛弱，精神越來越不好，心情也越來越鬱悶。

我變得沒啥「活動力」，電視不想看，也不想和活潑可愛的軒宇、軒偉玩下棋，也不想和年老的父母聊天，也不想下樓找添弟開講，也無心像以前喜歡幫忙做做家事，甚至於懶得打開門到「空中花園」去看看花花草草透透氣……。

我變了，我變了，我變了，除了起來吃飯、上廁所外，除了看醫生、治療牙齒不得不「勉強」外出外，我都一直倦倦地閉眼躺著。

身上的病痛讓我每餐飯後都要吃五、六顆藥。我的自律神經嚴重失調，我精神焦慮、嚴重失眠，我輾轉反側翻來覆去睡不著，到最後求助於母親，向她要多餘的安眠藥來吃，有時吃藥後也還得靠一直不斷聽著「南無觀世音菩薩」的錄音帶伴我入眠。

感覺每一天的時光都好漫長，好漫長，每一天都陷在焦慮、痛苦的深淵裡，每天身心都在受著雙重煎熬。

我想回家，我想回家，我想回家，離家久了，真的好想回家。可牙齒都「動工」了，就好比蓋房子，怎能做一半就「落跑」？再者我極度厭倦坐飛機，兩年來為了醫治眼疾而頻頻赴台，真的不想再當空中飛人飛來飛去的。我做事一向堅持要「有始有終」，我不想把整牙分好幾次來完成。

有時吃了安眠藥後深夜還會再醒來。醒著的我面對著床上安睡的雙親，望著他們佈滿皺紋蒼老的臉，尤其是這幾年來病痛纏身，身體越來越差的母親，我好難過好難過，心中好不忍。歲月殘忍無情地奪走了母親的健康，嚴重地摧殘了母親往昔姣好的體態與容顏。夜半醒來，我總暗自哭泣，想著如果真有一天不能再看到我親愛、慈祥而偉大的母親時，我心會有多痛多痛啊！

有次深夜，晚上睡不著的我拿了小板凳到屋外院子裡呆坐著，在這六樓的屋頂上，十一月已是秋天了，風陣陣吹著竟有著涼涼的寒意。我看著遠處台北市區依然閃爍的輝煌燈火，啊，繁華熱鬧的台北不是我的家，我好想回家，真的好想回家。

再有一次也是深夜時分，我拿板凳呆呆地「躲」在狹小的樓梯轉角處枯坐了很久很久，腦袋裡一片空茫茫的啥麼也不想……。我怎麼了？我怎麼了？我不知道，我完全沒驚覺我已患了憂鬱症。

到牙科診所時，我不再和醫生、護士談笑哈拉，我總像洩了氣的皮球，軟綿綿地無精打采地癱在椅子上候診。

醫生建議我若想家可以先回金休息一陣後再來繼續治療。可我堅持要「一鼓作氣」。我要求牙醫盡快縮減「療程」，遂在往後的每星期五天中我密集地安排三天或四天來加快療程進度。

我住小弟家，這裡的住家環境十分吵雜，風吹著周邊鐵皮屋頂的聲音匡匡做響，車聲、喇叭聲、救護車聲、消防車聲時而「呼嘯而過」，這各種聲音混雜在一起，讓精神衰弱的我感覺「頭痛欲裂、震耳欲聾」，非常地受不了。但又完全不想外出逛逛來消解情緒，完全不想動的我痛苦地陷在這陣陣的穿腦魔音中……。

因著整治牙齒，我的食慾也消失了。一碗米飯我用筷子幾粒幾粒的挑著吃，吃了很久很久才吃下半碗。就算拜拜的諸多美食佳餚擺滿桌，一樣全然引不起我的食慾，我只能每餐吃著父親煮的地瓜稀飯勉強下肚。此時也方才深深體會了「食不下嚥」的滋味。

原本都一直走路前往診所的我，此時，估計自己的體力已無法再來回走兩趟，就走路去，坐計程車回來。雖然如此，我仍不考慮就此「暫停療程」回家休息一陣後再來。我再請醫生把時間都安排在晚上治療，這樣我就可借添弟下班後的機車來回往返。

身上的病痛仍不斷，環境的不適應，憂心母親的身體、想家的煎熬，種種情緒的壓力讓我一忍再忍，千忍萬忍之下，彷如密蓋的蒸鍋，我整個的情緒快崩潰了！我覺得自己快爆炸了！我快發瘋了！

在台大醫院或三總看診時，當醫生未開口問診時，我總是眼淚先一直掉個不停，這把醫生都給「熊

態嚇到了」，以前看診的我絕不會是這樣子的。

我怎麼了？我到底怎麼了？我意識到我的身體和精神越來越脆弱了。躺臥床上，我仔細地一一思索回想著我現時所有的生活景況。我在家「搞自閉」、我「愛哭」、我「沒精神、沒活動力」、我「不說話」、我「焦慮、失眠」、我「沒一件有興趣的事」、我「食慾不振」、我「愛發呆」、我的情緒完全「往負面去想」、我「很悲觀」、我覺得自己「隨時都會掛掉」……。這諸多的特點症狀，讓我忽然驚覺我患上「憂鬱症」了。

我覺得我不能撐下去了，我真的沒法再「硬撐下去」了，此刻的我，真的非常需要回家好好休養。

十二月初，剛好小妹趁周休二日來台探望父母。忙碌的她若來台通常是星期六來，星期日回金。她的到來像是身陷茫茫大海中的我看到的一艘船，當晚我「火速」下了決定，要和娜妹一起回金去。

我終究只能完成了固定牙的部份，至於那最後階段的活動牙就暫時擱置了，留待下回再來做吧，我真的極需要休養、休息。……

五十分鐘的空中航程，我一直「氣若游絲」地閉著眼睛，我擔心自己會昏倒，因此盡量保持著「意識清醒」。而坐在身旁的娜妹也不時關懷著：「妳還好吧？」她看著彷彿「一息尚存」的我，心中也一直擔心我會出狀況……。

所幸，我「安抵金門」這我最思念最可愛的家鄉。

母親行前亦曾一再對我說：「回到家後，妳的病痛自然都會好了。」

娜妹也說：「回到家了，妳的心情也會跟著好起來了。」

是的，我亦做如是想。想著回家了，離家之前的那個開朗有活力的我應該很快地「變身回來」了。

可事實並不如此。雖然回到了家，心理確實踏實多了，但虛弱的身體還是讓我終日只能躺著休息。

老公中午都買便當回家，看著他和女兒三口兩口地吃得津津有味，我好羨慕。我瞪著那菜色豐富的便當（有時是味美料多的廣東粥或湯麵），它飄來陣陣誘人的香味，可我仍一點兒食慾也沒有。老公說：「妳總要多少吃一點啊。」可我仍然一直瞪著便當傻傻地發呆！

買了數天後，我請他以後不要再買我的餐，因我真的完全不想動筷子。我唯一吃得下的食物就是「沖泡牛奶加

麥片」，這變成是我每日的三餐。

想到以前上班時我也很快樂，在板橋重做學生上「美體美容課」時也很開心。可曾幾何時，如今的我整日無精打采，整日病懨懨地躺臥於床鋪和沙發椅之間。以前我最愛看的報紙、書、電視，現在我通通都失去了興趣，客廳一角的電腦更是連碰都不碰。我的世界呈現一片空無空茫，什麼事對我都不具任何吸引力了！感覺只有「一息尚存」的我，連說話的力氣都沒有。我的夢想、我的快樂、我的老公、我的孩子、我的父母、我的兄姐弟妹、我的朋友，在我心中也彷彿一切都不重要了！

偶爾攬鏡自照，鏡中的我神情疲憊、面容憔悴、眼神渙散。我原本豐腴的「肉餅臉」變得瘦削不堪，在我不苟言笑的臉上露出了兩條深深的「法令紋」，顯得更加蒼老。

天亮了，老公去上班了。躺在床上的我不想下床，除了上廁所起來一下外，又迅速地躲進被窩。沒有睡意，但腦袋空空，完全不想下床，就只想一直這樣永遠躺著賴著，什麼事都不想做，似乎屋內屋外的世界都完全「與我無關」，我就只想一直靜靜躺著。

因著身體上大小不一接踵而來的不適狀況，讓我「想死的念頭」時時湧現。我每天躺著常想著自殺的方式。想想，跳樓太恐怖了，粉身碎骨，怕痛的我沒那個勇氣；上吊比較快，但露出個長長的舌頭，死相難看，太可怕了，一向愛美的我怎能留下「恐怖的倩影」？還有割腕，可聽說割腕很痛，要死了還要讓自己來個「痛徹心扉」豈不太笨？想想，吃安眠藥倒是個不錯的選擇，但要吃得夠多保證死得了，否則被救被灌腸也是一番折騰一種折磨。想來想去，啊，只有燒炭最好，如果我要了絕自己，我決定吃安眠藥加燒炭，甚至於連地點都設想好了。

有一陣子好幾十天來，我每天都想著如何「離開人世」的問題。我不明白一向樂觀開朗、堅毅不屈的我如今怎會變成這樣？我怎麼變得如此的脆弱？

我對老公說，孩子我也都把他們照顧大了，也都能各自獨立了，我沒對不起他們。我交待老公要接收我所有跟會的會款，也告訴他：「你可以再找個幼齒的做伴」。

老公嘿嘿地笑著說：「一個都『受不了』了，誰還『自找苦吃』啊？要喝牛奶還要養一頭牛嗎？」又說：「誰叫妳愛漂亮非要做什麼牙齒？黑牙就黑牙，有什麼關係？想家，受不了又不肯回來，偏要硬撐著……。」繼而又說：「回到家了，把身體養好就好了，沒事的，別想太多。」

我也上醫院看了「精神科」，也拿了藥，但吃了兩天後，我不想借助藥物，我想靠自己的意志力來戰勝「憂鬱症」，靠自己的決心來調整、恢復往昔的自己。

以前女兒有過輕度憂鬱症，我一路陪伴著她成長及至走出幽谷，時間整整長達三年。我知道憂鬱症的所有「症狀與情緒」，也知道該如何來面對、引導、舒解。

我開始不斷的告訴自己：「不要再這樣子過日子了，我要好起來，我要好起來，我一定要好起來！我不能如此輕易地被打敗。」之前曾經歷過再巨大再艱困的難關我都可以撐過、熬過，怎可面對自己的難關時，卻變得這麼的脆弱想逃避？

我不斷地催眠自己，絕不能放任自己這樣頹廢下去。

我不是還要出第二本、第三本書嗎？我不是還要到處去遊山玩水嗎？我不是還要等著我的寶貝子女完成「終身大事」嗎？我若比父母先走一步，丟下年老的父母會有多傷心啊？我怎能這麼殘忍？再說，「螻蟻尚且偷生」、「好死不如賴活」，何況我又沒得絕症。不行，我一定要好起來，我一定要健康起來！

我想起了早幾年前金城國中輔導室的何組長（現是金沙國中何校長）曾送了我一片要給女兒聽的「舒壓」光碟，可置放數年從來沒用過聽過。此時不妨拿來聽聽，也許它對我有所幫助。

這張標題為「放鬆・舒眠・冥想・音樂」的舒壓光碟變成是我「自我治療」的第一步。我家音響放在樓下，白天我總閉著眼睛躺在沙發上，認真地傾聽那輕柔地音樂，那輕柔地聲音輕輕說著、說著：「現在用妳自己覺得最舒服的姿勢躺下來，輕輕地閉上眼睛，放鬆的聽我說，慢慢的呼吸，深深的呼吸，吸氣、吐氣，吸氣、吐氣，妳覺得自己越來越輕，越來越輕了。放下妳的擔心，現在只要深深的呼吸，放輕鬆，慢慢的呼吸，深深的呼吸，吸氣、吐氣，吸氣、吐氣，現在想像柔和溫暖的光照在妳的身上，妳覺得很舒服，很放鬆，妳感覺到柔和溫暖的光照在妳的頭上，妳覺得很溫暖，讓溫暖的感覺從妳的頭皮流過妳的額頭，妳覺得很放鬆，很舒服……。」我常閉著眼睛躺在沙發上聽上一整天，一再反覆反覆的聽，也隨著輕柔的音樂引導做「深呼吸、吸氣、吐氣」，也常聽著聽著就睡著了。

我每天都在聽，最喜歡聽那句「放下妳的擔心。」那輕柔地音樂與輕柔地聲音聽著聽著，當下就真有一種「安撫、舒緩」情緒的神奇魔力，讓我「放下擔心」，百聽不厭。

娜妹學校一下班到家後就趕緊來電頻頻關切地問著我：「今天身體有沒好些？心情有沒好點？」又說：「妳千萬不要做傻事，妳什麼都有，老公、子女、房子、車子，妳不愁吃穿，有多少人羨慕妳啊！妳熬到現在正是開始要收割享福的時候，千萬不要想不開啊！」小妹娜娜一再如是「開釋」著我，臨睡前還不忘再打一通來「叮嚀」一番。她固定每天兩通電話給我，讓我感受到手足親情的溫暖。

大姐也買了土雞和西洋參來家中為我「進補」，告訴我一定要「勤勞吃」，身體才有元氣才會健康。不想煮飯做菜就買外食，千萬不要老是不想吃、不吃。

母親在台也頻頻來電關心，說每晚她在神明面前點香時也都祈求「觀世音菩薩」保佑我身體早日恢復健康。她老人家也內疚是否因我九月時全權代理父母搬家而「觸犯了菩薩、祖先？」也不斷地向祖先說明「那不是我的錯。」

老公上街買了一堆高麗參、西洋參、紅棗、黃耆、枸杞來「搶救、修補、調養」我的身體。每天晚上他都泡一杯熱熱濃濃的「補氣養生茶」給我喝。偶爾也泡「普洱茶」，原本我對茶是非常過敏的，但唯獨對普洱茶頗能適應，喝了普洱茶反而頭比較不暈不痛了。

老公原本是個極端大男人主義的人，但因為我的病無法正常地操作任何家事，他開始放下身段掃地、洗衣，晾衣。有天晚上，吃膩了便當的他不想再外食了，他就下廚「洗手做羹湯」料理晚餐。

晚飯時間，懶懶地坐在沙發上的我，看著他端出一盤盤的菜，試著吃一口時，啊，他炒的菜好吃極了，還滿對味的。那晚，我竟慢慢地可以吃得下飯菜了。

從此，老公晚上不買便當了。他下班後就直奔菜市場買菜，因為，只有他炒的「愛心菜」才能漸漸打開我的胃，而看著我開始「津津有味」地吃著飯菜時，那就是他「最好的回報」。而有吃身體就有能量，這時，想到老人家常說的「能吃就是福」，真是一件多麼幸福的事啊。

夜晚時看著身旁熟睡的老公，他熟睡的臉龐永遠沒有任何煩惱。真羨慕他作息正常，頭好壯壯，好吃好睡，真是個天生好命的人。可我也不捨得他過於操勞，白天上一整天的班，下班還要照顧我照顧家庭，甚至做他最不喜歡做的洗碗工作。

我一定要振作，我一定要振作，我開始規定自己每天在家至少要「完成一件事」，那怕今天只是「掃了一次地」或是只「洗了一次碗」，洗米「煮了一鍋飯」，甚至於只是整理了「一個抽屜」，還是到院子裡「澆了一次花」，只要是我願意起來「做點事」動一動筋骨就夠了！

後來，為了加強體力，我強迫自己每天費力地爬上三樓，再把一疊疊過期的雜誌費力地搬下一樓來，那些積存的雜誌很多，我上上下下地搬了十多天後，再一一捆綁打包放好，等回收車來收走。

再後來，我告訴自己無論如何地不想外出，也一定要強打起精神出去走一走透透氣。雖然頭仍常常有一點暈眩，但我仍勉為其難地慢慢散步繞社區一小圈。後來，我延長路線，頭仍有點昏的我飄忽飄忽的走到街上購物，飄忽飄忽的走到菜市場買菜，再飄忽飄忽頭重腳輕地走回家。

未整牙前，我天天是「生龍活虎、活蹦亂跳」的，無論做任何家事，根本都是輕而易舉不費吹灰之力的。而現在，我所做的每件平常家事都得靠「意志力」來支撐，都得費很大的力氣來完成。

原本體重五十的我降到四十七。所有的朋友見了我都說：「啊，妳臉色很差ㄟ，精神很不好哦！妳怎麼變得這麼瘦？妳在減肥嗎？」我只是苦笑著說「沒有」。我是不容易發胖的體質，就算我再怎麼大吃大喝，這輩子我根本無須為「減肥」煩惱，我只是處在「憂鬱期」罷了！

有時，怠惰的念頭也會時時湧現。會想著：好累啊，今天不要出去走走了！但很快地無數個充斥在我心中腦中那「極度頑強」的份子會聲聲催促著：「怎麼可以這樣？不行，不行，再怎麼不想走也要出去繞個一小圈再回來。」

母親和娜妹的婆婆也一直要我去「求神問卜」，去補運、改運，去問問身體何時才會好起來？老實說，一向鐵齒的我是不太信這些的，但經不起兩位老人家的殷切關心，嗯，去卜個卦算算問問也好。

可問的結果是「這一陣子妳的運途真的很不好，一路上就是坎坎坷坷，大小病痛不斷，會一個去一個來一直交替著。」天啊，說得讓人頭皮發麻！

我問：「那要何時才會好運來？」

「嗯，過了三月後，好運就會慢慢來了，身體也慢慢地有起色了。現在我先在祖師爺面前替妳補運，妳自己再到『觀音亭』燒香求菩薩保佑……。」卜卦師如是說。

天啊，晴天霹靂，算算時間還要三個多月？而且好運還是「慢慢來」的。多漫長的等待啊。飽受病痛與憂鬱症折磨的我，當然奉行無誤地到寺廟「臨時抱佛腳」虔誠地跪拜，向菩薩乞求保佑我「惡運遠離，早日恢復健康。」

今年四月後，果然身上的大小病痛都已遠離，人生由「黑白」的又變回「彩色」的。而食物在我眼中也都美味無比，我努力地吃，也努力地「找回我的肉餅臉」，體重也回復了原本的五十公斤。非常感謝老公在這「非常時期」裡安分守己地待在家中陪我，沒再四處「趴趴走」，沒再「朋友放中間，老婆放旁邊」。即使他有事出門也速去速回，上班時也常打電話回家問問我：「在做什麼？吃了沒？」老公對我的關心與關懷，嗯，我都深刻體驗感受到了。

算算，從去年十月到十二月，這三個月是我人生中的「黑暗期」。無論是因著代替父母搬家而觸怒祖先？還是整治牙齒太傷，以至引發身體的「大地震」。總之，我親身體驗到了憂鬱症的思緒、情緒與情境，也親身感受到了當健康「嚴重受損」時，家人的陪伴真的非常重要。

而在經歷過這說長不長說短不短的「憂鬱三月」後，今後讓我對健康更為珍惜，健康真的很重要，「健康就是財富」，一點也沒錯。「金錢有價，健康無價」，珍惜生命，珍惜健康，珍惜身邊的人，珍惜每一天美好的日子。

如今，那個曾經極度憂鬱沮喪的我已悄然消失了，先前那個活蹦亂跳、一見妳就笑的我又回來了。啊，生命是這麼地美好，好好活著是一件多麼快樂、幸福的事啊！

彩繪樂無窮

彩繪，顧名思義就是「畫畫」，衣物彩繪就是以「衣物」做為畫布來畫畫，除此之外，舉凡是布製品，諸如帽子、手提袋、束口袋、布鞋、包包皆可運用自己的巧思加以彩繪。

「彩繪」可以把素面的衣服加以美化，讓「平淡變繽紛」；「彩繪」亦可做環保，在衣物洗不掉的髒污處可借由彩繪加以遮蓋、美化，讓衣物改頭換面「起死回生」變成新衣；「彩繪」可以發揮我們的創意、想像，滿足我們畫畫的樂趣，以及，最大的特點是衣物彩繪「絕不撞衫」，每件經由自己親手設計圖像、彩繪的衣物或帽子、包包、手提袋，其花色、圖案絕對是「獨一無二」的個人作品，讓我們擁有無比喜悅的「成就感」。

九十八年六月底，筆者有幸在「金沙數位中心」舉辦的「金門風景名勝衣物彩繪班」中擔任講師，在連續數週的周休二日教學過程中，學員們認真學習的態度與豐富的創意，讓我留下深刻的印象，帶給我許多的驚喜與感動！

在此次的「彩繪班」中，學員們呼朋引伴熱情參與，其中有母女檔、母子檔、父女檔的「親子組合」、有姐妹淘一起結伴前來、有「姐妹檔」三人同行、有單槍匹馬的獨行俠，大家都有共同的目標，那就是「認識彩繪、學習彩繪」。

俗話說：「工欲善其事，必先利其器」。首先，教學員們認識的彩繪工具是來自美國出廠製造的「彩筆」。其特殊性為持久性極佳，耐洗耐磨，永不褪色。其次的輔助用具為「撲克牌」，這是用來做「暈染效果」的最佳利器，因為它的尺寸適中，拿在手上運用自如；它的軟硬度剛剛好可靈活轉換；再來是迴紋針，在筆孔因遇空氣凝結阻塞時，需要給它「溝通」一下。最後，彩繪很重要的關鍵是「力道的拿捏」要控制得宜，太用力會擠出一大坨，太小力會擠不出來。當然，這都有待在學習過程中逐步慢慢體驗。

此次彩繪研習班之主題為「金門風景名勝」，因而我以最能「代表金門」的經典建築「莒光樓」、代表金門精神的「毋忘在莒」勒石、代表金門的守護神「風獅爺」、代表金門生態的「縣鳥戴勝」及金門二級古蹟「文台寶塔」、大、小金門的地圖、金門的高粱酒、高粱田來做為教學重點。

在衣物上彩繪畫畫，無疑地對學員們是一種「全新的體驗」，學員們都興高采烈、興致勃勃，大家對彩繪充滿了高昂的興趣。

當大家由初學者的「畫圈圈、橫線、直線」入門到執筆在衣物上彩繪作畫，學員們用豐富的色彩、獨具創意巧思的構圖來完成一件件作品時，真讓人眼睛「為之一亮」。原來，每個人都是很「有潛能」的，端看有沒有去激發、開創、引導而已。

在學員們的學習、創作中，其中不乏許多優秀的作品，諸如住陽翟的陳玉玲畫的「莒光樓」唯妙唯肖，後來她也學畫「風獅爺」，一樣有模有樣，尤其可喜的是她運筆的力道適中，線條畫得超棒，頗有「青出於藍」的架式；住山后的蔡素芬與寶貝兒子廣弘是母子檔，而讀高二愛搞笑的廣弘突發奇想，他說「風獅爺」經年累月地「堅守崗位」太辛苦了，他認為風獅爺偶而也該「放個假」出去玩玩，所以，他在束口袋上畫了個臉上笑呵呵一臉幸福的「飛天風獅爺」，更讓人爆笑的是另一面畫的是飛天風獅爺的「背影」剛好與前面的相呼應，創意十足的作品真讓我們笑翻哩；而就在金沙圖書館上班的周麗觀，她挑選「毋忘在莒」來專一作畫，她很用心很認真，有道是「一回生，二回熟」，經過幾次練畫後，「毋忘在莒」卻也畫得可圈可點；住在夏興的「美女媽咪」陳彩明與周華玲是母女檔，她說女兒從小就愛畫畫，因此相偕報名參加。果然，今年夏天剛高中畢業的華玲畫畫的功力不容小覷，她在課程結束時所舉辦的彩繪大賽中以「百變風獅爺」的各種造型「勇得冠軍」，獨得彩筆三十支哩。

還有，很讓人驚嚇，值得一提的是縣籍名書法、國畫家吳宗陵先生亦替女兒吳真、吳美孜報名彩繪班。而古人有言：「名師出高徒、強將手下無弱兵」，果然，兩姐妹平日在父親作畫時的耳濡目染下，畫功自然了得，她倆分別在比賽中以「栗喉蜂虎」、「金門好」為題，勇奪第二、第三名，真是可喜可賀。

同時，還有一件有趣的事也令我「震驚不已」終生難忘，那就是我第一天初看名單上的「許玉音」名字時，心想：哇，「許玉音」，縣籍名女畫家耶，她的一幅名為「等待」的畫作深獲當年任「司法部長」的馬總統賞識，購買後懸掛台北看守所內做為警惕及教化之用，希望犯錯者能瞭解體會做父母的等待孩子歸來的苦心。

想想，鼎鼎大名的女畫家怎可能來此報名參加彩繪研習？啊，想太多了啦，這只是「同名同姓」罷了。未料，當她們一行三人現身簽到時，我只覺得身材高挑氣質非凡的她「好眼熟」（因我只在報紙上「認識」她）。後看她在友人的小孩衣服上畫了幅小畫，哇哩咧，技藝超群。腦筋一向「慢半拍」的我再定眼一看，重新思索，哇咧，沒錯，眼前的美女是「如假包換」的縣籍名女畫家許玉音小姐「本尊」。原來她是偕姐妹淘一起報名，想一窺究竟「衣物彩繪」是啥東東？只是，她只「大駕光臨」一次，後就因事赴台了。

所以說，「金沙數位中心」舉辦的衣物彩繪班是「小廟來了大佛」，一點也不為過。而且是「無獨有偶」地兩位名畫家。而「行家一出手，便知有沒有」，兩位縣籍名畫家在衣服上、手提袋、束口袋上所彩繪的作品自然和平日的畫作一樣生動、精彩絕倫。

而一樣令人記憶猶深，永難忘懷的是在課程的最後幾天時有「阿兵哥學員」半途加入彩繪班，兩位軍人原本是假日來圖書館消磨時間的，當得知樓上有「彩繪研習」活動時，十分感興趣，徵得主辦人阿健的同意後就「軍民一家」的一起學起彩繪來。其中一位畫的不錯，他說休假回台時要把這親手彩繪的束口袋送給女友當生日禮物，還問下星期是否還有課程？他們「還要來」哩。

在這數天的彩繪教學中，當然，學員們都很認真，學習能力都很強，所彩繪的作品與圖案也形形色色、五花八門，非常「有看頭」。可見，畫畫是不分階層、不分年齡，不分性別的，只要有心學習，勇於提筆作畫，多練習，掌握住用筆的力道及下筆的線條和配色的和諧、構圖的巧思，就能有賞心悅目，獨具個人風格的好作品了。

現在全世界都在積極發展有「無煙囪工業」之稱的旅遊業，金門自然也不例外，縣政府、觀光局亦不落人後的朝「觀光發展」的目標努力以赴。金門有豐富深厚的歷史文化背景，有許多優美的風景名勝古蹟以及自然生態，有潔淨的藍天、綠油油的田野、到處是蓊鬱的綠色隧道、有軍事坑道、碉堡、昔日的反共標語，觀光資源可謂不少。

我想，如果能再透過獨一無二的「金門風景名勝彩繪衣物」來將金門多一個管道行銷出去，除了讓大家多認識金門外，連帶的帶動地區一些愛好彩繪的家庭婦女，以期能增加一些觀光收益，也是項很棒的「一舉兩得」的事啊。

彩繪，讓我們生活充滿樂趣，激發我們的潛能，陶冶我們的性情，這麼一舉數得的「彩繪班」，非常感謝大家共同來參與學習彩繪、樂在彩繪，在這數天的整個研習課程下來，哇咧，只有一句「彩繪樂無窮」最能貼切的用來形容所有男女老少學員們快樂的心情與感覺囉！

壓花趣無窮

早上看到報紙上「金寧數位中心」壓花班招生，名額有限。放下報紙速用「一陽指」撥號，可是，哇咧，電話怎麼撥都打不進去？不死心的我發揮國父的「革命精神」，電話尚未撥通，小女子仍須努力。

終於，皇天不負苦心人，話筒傳來美妙地女聲：「喂，金寧數位中心……」。「報名喔，抱歉，都額滿了……。」聽到額滿，額頭馬上冒出三條線，真是「傷很大」，頹然放下電話。心想，每天繼續多看報吧，等待下一次開班，無論如何都要搶得先機。

知道壓花，也看過壓花書美麗的作品，可自己從來沒體驗過壓花的過程與樂趣，因此興致勃勃滿心期待。下午，仍在「鬱卒」頗不甘心的我又去電騷擾：「那我和我朋友報名『候補』好了，有缺額請通知我。」

唉，一星期過去了，壓花班開課了，我和阿英在「美麗的星期天」裡就照樣混日子吧。第二星期日前一天，電話響了：「啊，有兩人因事到台，妳們兩人還要學壓花嗎？」李小姐問著。哇咧，忽然聽聞此言，喜出望外的我好像中樂透，忙不迭地連聲應允。

早就由報上得知，金門高職主任劉溪丁老師對壓花學有專精，在校也傳授壓花技藝多年，因此金寧數位中心特別聘請前來「壓花班」教學。

真是有幸，如今能加入壓花班，真是太開心了。進了教室我與阿英雙雙找了位置坐下。劉老師已開始在上課講解色彩學及位置配置原則，大家都全神貫注認真聽講。理論課上完後，我們已有些基本概念。接著是每人領兩包花材和十個小紙杯墊，哇咧，要開始操作壓花了，我像得到糖吃的小孩似的好興奮喔。

剪開塑膠袋，看著各種顏色鮮艷、大小不一的美麗花朵，看著各類造型不同的青翠葉子，我們都迫不及待的趕緊動起手來小心翼翼地預先「構圖」，再輕輕擠出那「媒人」似的膠水，讓美麗的花朵與葉子在輕吻它後，雙雙對對地在大、小紙杯墊上「貼定終生」，呈現出一幅幅賞心悅目、美麗浪漫的精緻作品。

紙杯墊完成後，老師拿出了第一星期裡製作的

成品——書籤（卡）——來讓學員們互相欣賞，並對較不足的、需要加強改進的地方做解說。劉老師教學的認真態度，真令人敬佩感動ㄟ。

我們每個星期天所做的作品都不一樣。有書籤、大、小紙杯墊、冰箱磁鐵、磁鐵小相框、透明壓克力杯墊、立體掛飾，但其中我滿喜歡由金城數位中心的梅英小姐所設計的一系列很棒很有特色的「金門鑰匙圈」，它有砲彈型、馬背型、圓型、金門地圖等四款，很實用很有經濟效益，希望能發展成地區婦女們的副業。

在連續六個星期日的壓花班課程中，學員們都捨不得缺席，大家都像「畫家、設計師」似的，快樂的沉迷在那美麗的花花葉葉之壓花世界中。

當然，每一次的花材應用下來，有時我也會面臨「花材不夠、顏色不搭、同色系」的窘境。這時真像是在「考試」，我都要「絞盡腦汁」苦思良久。還有，壓花講究的除了是美麗的配色、對稱的角度、和諧的構圖外，更重要的是要有一雙「巧手」。

乾燥花，顧名思義就是花材已處理得「極度乾燥」。乾燥的東西又當然的「極度乾脆」。所以，在用鑷子夾起花花葉葉時，天啊，都讓我提心吊膽，緊張萬分。因為那花材都薄薄的像脆餅似的，稍一使力一碰就碎。此刻，我的心都揪起來了，往往情不自禁地連聲驚呼「天啊，天啊」。可見在壓花世界裡每一朵花、每一片葉子在我們眼中都是十分珍惜的。

有時，更因為太過於專注壓花而做得頭昏眼花、肩頸酸痛，這時就要站起來轉轉脖子、捏捏後頸、拍拍肩膀，舒緩一下僵硬的肩頸。但即使是如此情況，我還是興致高昂樂此不疲。

當然，在整整一天的壓花樂趣中，我們也不可能各自「閉門造車」。我們都會互相觀摩前後、左右鄰居的精心創作。

在一一觀看、欣賞「同學」們各自呈現的不同風格的美麗作品時，真的讓人讚不絕口。那精緻的功力讓小小的蝴蝶彷彿就真的翩翩飛舞在百花叢中；那可愛的米老鼠也十分生動、逗趣，若沒看仔細些，真無法想像這是「壓花」哩。難怪大家上課時所帶去的數位相機一刻都沒閒著，不斷卡擦卡擦地猛照著。

同學中住在陽翟的陳玉玲很有美術天份，每次的「做業」都做得又快又漂亮；而我的同伴殷阿英則是典型的「慢工出細活」代表，她耐心十足，做工精細，每個作品都極精緻漂亮，誇它為「美不勝收」實不為過；而我是歸屬於大而化之的「粗枝大葉」型，有時精緻、有時簡單，哈，只能自嘲著說：「品管不一」。

轉眼間，這連續六個星期天的壓花課程即將結束了。而在上第五堂課時，劉老師觀看了我們班上學員們所有的「心血結晶」時說了這句：「比較起來，在我所教學過的壓花班中，妳們這班的素質最高，做得最好……。」好令人欣喜雀躍啊，說真的，我們這班真的是高手雲集不容小覷咧。

啊，最後一星期的「成果展」時歡迎大家攜朋結伴前來金寧數位中心欣賞我們壓花班學員們的每一個美麗的「精心傑作」ㄛ。

啊，最後我得感謝那兩位赴台的姐姐妹妹們，讓我與阿英才有機會體驗感受到這趣味盎然的壓花樂。啊，壓花、壓花、我愛壓花，壓花真是趣無窮ㄟ。

媽咪的信

親愛的寶貝小女兒：

窗外夜幕低垂，媽咪在桌燈下看著妳熟睡的臉龐，想著明天一早就要坐車到台北，後再回金門，心裡很是捨不得離開妳……。

但是，一堆的事情總是要去處理、面對。諸如：房子出租，媽咪得去「過濾」房客、媽咪得去醫院看診、參加姨婆的「告別式」後再回金門幾天。媽咪離家三個多月了，好想念家鄉，趁著到台北時回家一下，再來嘉義時就可陪妳到學期結束後一起返鄉。

生活就是這樣，有時難免都會有一些事來煩人。媽咪其實是很樂意在這兒陪伴妳、照顧妳的。雖然八樓這租賃的房間小得擺不下雙人床，媽咪一直打地鋪睡（偶爾也和妳擠窄小的單人床），但每每看妳睡得香甜，我也很開心；聽妳放學後嚷嚷著：「我餓了！有沒有吃的？晚餐煮好了沒？」我也樂於端出晚餐或馬上去烹煮妳喜歡的食物。當媽咪看到妳把東西都吃光光時，我也非常高興；看到妳每天早起上學，按時放學回家，我也很欣慰；看到妳和好同學一起逛街，準時回來，我也很放心。

這一切一切的種種表現，媽咪都看到了，看到了妳的努力，妳的銳變，妳已是個懂事乖巧的孩子。當初妳選擇離開家鄉，下定決心要在嘉義市這南部的城市「重新出發」，媽咪尊重妳的選擇，相信妳會「改變」。媽咪愛妳！真的非常非常愛妳，只要是為妳好的，對妳有幫助的，媽咪願意放下一切來此做個全職的「伴讀媽咪」。

媽咪不在妳身旁陪伴的這十多天裡，親愛的寶貝小女兒，妳獨自生活，凡事要小心謹慎。俗話說：「小心駛得萬年船。」凡事三思而後行總沒錯。在這一小段日子裡，媽咪希望妳身體要顧好，三餐要吃飽；希望妳手機響了一定要接，這樣才能讓媽咪放心；晚上睡覺一定要蓋好被子，千萬不要著涼了；和同學外出要盡早回家，勿讓六樓的三阿姨擔心；還有，晚飯可到樓下阿姨家吃……。

親愛的寶貝小女兒，媽咪愛妳，關心妳，因此難免嘮叨了些，但相信妳會瞭解媽咪的苦心，做個讓媽咪安心、放心的孩子！而且，妳也一直在做了，不是嗎？

親愛的寶貝小女兒，我們離鄉背井來這裡生活、求學，我們一定要努力、加油喲，媽咪相信成功一定會等著我們的。

最愛妳的媽咪寫於嘉義94年12月1日凌晨1點

難忘的阿兵哥

踏出學校後，隨即我步入職場。「金門軍人之友社」，那不是公家單位，只是一個「社團」。我想，有工作做就好，未再去想其他深遠的問題。

從上班的第一天起，我就和穿著「草綠色」的阿兵哥脫不了干係了。老實說，民國五十八年，那時當兵很艱苦，尤其是被派駐守在烈嶼這「島外島」的官兵，交通不便、資源缺乏，更是辛苦。

所以，只要有機會來大金門，不管是「出差送公文、採買購物、看病轉診……」，只要是能「逮到機會」來大金門外出、洽公個一、兩天，就好像「到了台北的西門町」一樣，各個似飛出籠的鳥兒，快樂無比。

軍人之友社轄下有「金城、山外」兩個招待國軍官兵住宿的賓館，而通常「金城國軍賓館」生意會較好，因為，金城離水頭碼頭近，往返方便。

話說有一年，烈嶼駐紮了個六三三營（那一師不清楚），當然這營上的官兵大至「營長」、小至小兵，他們無論是以何種名目來大金，一定都住過「金城國軍賓館」。沒事時，他們免不了和我哈啦，聊聊軍中點滴及家中事情。當然，我這「服務台」小姐不能擺個「晚娘面孔」，我總是樂於「傾聽」，因為，傾聽讓我正大光明、光明正大地「偷窺」了他們的心事。

這些抽中「金馬獎」的年輕人為了國家盡應盡的「義務」，遠離家鄉飄洋過海來到前線的最前線保護保衛著我們的身家財產、性命安全，他們想家、想親人、思鄉的苦悶需要有個朋友來談談、抒發壓抑的心情。

我的親切感，我的傾聽，讓六三三營的這些弟兄們口耳相傳，「黃小姐」就是他們在「大金門」唯一的朋友。六三三營的營長、副營長、連長、副連長、輔導長、財務官、醫官、情報官、政戰官、文書、伙房兵……，我只要一看標誌，就知道是六三三營的人。從認識、閒談到熟識，六三三營的弟兄們說了一句很感人的話，他們說：「來到金城國軍賓館住宿，很有家的溫暖感覺，我們都認定這裡就是我們六三三營的『第二

個家』」。

六三三營可愛的弟兄們把我當家人似的，除了敞開心懷聊談外，還會偷偷告訴我一些軍中八卦、小道消息，如他們副營長剛結婚了，新娘是「華僑」，過幾天就要來金門了！真的過沒幾天，那個總是一臉嚴肅的李副營長，就帶著新婚妻子來此住宿，暢遊大金門哩！

還有一次我隨友人到烈嶼玩，飯後我們在院子裡聊天。忽然，院旁的圍牆上冒出一排的阿兵哥，他們雙手趴在牆頭上，笑著問候打招呼，齊聲說著：「黃小姐，妳怎麼來小金門了？」

這個突然的畫面熊熊讓我和友人們都嚇一大跳。一看，是六三三營的阿兵哥，可愛的他們說著：「啊，我們聽著聽著就覺得好像是妳的聲音，又覺得妳怎麼可能來小金門？所以就拿椅子隔牆來『一看究竟』？ㄚ，沒想到真的是妳……。」這個好笑的「隔牆有耳」的插曲，讓我即使在這多年多年以後回想起來仍是笑不可抑。

六三三營有個「文書兵」黃德山，常來大金門處理公文。他抽到「三年制」的兵，整整有兩年要留在最前線的烈嶼。高中畢業的他來自台中石岡鄉，有種鄉下青年真誠樸實的本質。

他人敦厚有禮、談吐不俗、氣質很好。他把我當做朋友和妹妹，與我聊談著他家人的事和自己的事。

當部隊要調回台灣本島時，他說要與我「繼續連絡」，我只當做他是隨意說說罷了。這個供離島官兵住宿落腳的地方，來與去都是似候鳥般的過客，人與人的相遇機緣只是「短暫的偶然」，並非永遠，我笑笑地說：「好」。

不想，回台後的他真的來信了，一手俊秀的字、流暢的文筆真不愧是做「文書」的。他說，退伍後要先專心讀書，一年後再考大學「圓夢」。他的人生是有規劃的。

隔年，他真的考上了大學，畢業時也寄「學士」畢業照予我，我分享了他的喜悅，替他感到驕傲。之後，他選擇回家鄉的高中教書。

後來，在火車上他認識了同鄉女孩「水眉」。他戀愛了，他把戀愛中的歡愉與挫折都一一向我聊談、傾訴，還是像在金門一樣把我當好朋友和妹妹。

我很驚訝於他淳厚的個性，很少有人像他這樣願意花時間、心思來寫一封封地信，難道是因為我們「同姓」，有一種「原本一家」的親切？還是因為他曾痛失因病往生的妹妹，在心裡、心情上一樣把我當做「妹妹」看待？

有好幾年了，我們一直書信往返著。後來，他終於「修成正果」，得到了佳人的芳心結成連理，他也寄了數張結婚照給我認識他此生的最愛，清秀可人的水眉。

我忘了我們是誰先結婚的，好像也相差不了多少時間。那一點也不重要，重要的是我們彼此之間真摯、真誠的情誼。

他的愛情結晶誕生了，取名「元君」，當然也又有寄相片與我分享。我笑說那第二胎若再生個兒子，是否名為「次君」？一年後他真的又來了個「男寶寶」，又寄了相片與我分享再為人父的喜悅。我當然也回寄我「為人母」和寶貝子女的相片交流一下。

從他來金當兵到部隊回台、退役、讀書、教書、戀愛到結婚生子……。在歲月的流轉中、在時間的長廊裡，我們在彼此的生活中都沒有「缺席」。雖然不是很經常的連續通信，但只要彼此有空、想到了，就會捎來訊息互敘近況。

再後來，都各有兩個孩子的我們，忙著忙著就斷了音訊了。這該是二十多年前的往事了，他可能和我一樣，時日一久，找不到信、找不到地址了，也就無從再連絡了。

有時我想，在台中縣石岡鄉的他（街、巷、號都忘記了），阿山和水眉，他們應該都升級當「公公、婆婆」了吧？他應該還記得我吧！

而我在「金城國軍賓館」服務台工作整整十年，十年當中人來人往，而唯一印象最深刻的也只有記得烈嶼的六三三營及其中的代表人物「阿山」（信中的稱呼）。

在我們人生的過程中，在某一個時段、某一個地方，都有不同的人跟著一起出場，參與我們生活扉頁上的「共同演出」。而時光是永不停駛的列車，僅管它永遠不停地前進著，但在記憶的寶盒裡，有的影像是浮光掠影，曇花一現，有的影像卻是堅如磐石，恆久留存。就如樸實、努力、上進、愛家、愛孩子的阿山，始終不曾在我記憶中消失過……。

阿兵哥也是我們平民小老百姓去當的，我們對阿兵哥不該有一種偏差的看法。再說，我那唯一的寶貝兒子，畢業後居然選擇當志願役，大大地出乎我們兩老的意料之外，如今他也當了六年多的「阿兵哥」了，我看著他穿草綠服，洗著他的草綠服，家中玄關置放著他的阿兵哥靴，我當然要說：「難忘的阿兵哥」囉，因為，我家中就有一個可愛的阿兵哥ㄟ！

七次

乍看標題「七次」，熊熊讓你想到啥？「一夜七次郎」？還是想太快的「外遇七次」？啊，其實啥都不是，「七次」所要說的是一個我積峰大哥的故事。

話說大哥當年赤手空拳前往台北闖蕩，之後結婚生子在大台北「落地生根」。而眾所周知的在台北市這大都會中生活消費頗高，沒點經濟基礎是很難過日子的。

雖然大嫂也是職業婦女，但相繼出生的三個小孩讓生活開銷「入不敷出」，大哥身為一家之主，自然不能讓家庭「陷入困境」。有道是「窮則變，變則通」，平日喜歡室內裝潢設計的大哥就在正職之外兼做一家室內裝潢設計的「業務員」。

有天他發現住家附近新蓋的一棟十層樓的大樓就快完工了，而聽說這棟大樓是要經營飯店用的。大哥心想，機會來了，如果能得到這整棟大樓的「鋪地毯」業務，那真是太好了！

事不宜遲，馬上遞名片拜訪老板。一進辦公室說明來意，不想老板開門見山一口回絕，他說：「我侄子也是做裝潢的，這筆生意當然是給『自己人』，你不用來了，不要白費力氣。」

哇哩咧，大哥當頭被潑了一盆冷水，整個人彷彿掉進冰窟窿似地涼了起來。

唉，出師不利，好死不死居然「有內定」，而且這「頭號敵人」是老板至親。但是，看著「眼前的肥肉」難道就此打「退堂鼓」嗎？這可是件「千載難逢」的大生意，如果成交，所得傭金對家中經濟不無小補啊。

想想，男子漢為了家庭來打拼，不管了，管他是侄子還是孫子，拿出「金門人」勤奮努力的「戰鬥精神」，二度登門拜訪。結果當然是：「少年ㄟ，我說過你別來了，不可能讓你承包的。」

又吃了「閉門羹」的大哥回來後，想想還是不死心，一個「敵人」算什麼？遂又第三次前往面見老板，極力遊說。老板見這小子又來，出乎意料之外，但一樣一口回絕。

啊，古人言：「一回生，兩回熟」，何況大哥去了三回，老板對他「也不陌生」了。大哥本著「不到黃河心不死」的信念，又去了第四回、第五回、第六

回，一直去「盧」老板，盧到讓老板看到他「幾乎要發昏」。

當大哥不屈不撓、再接再厲第七次再去登門拜訪時，哇咧，「老板終於投降了」！他答應「簽約」把整棟大樓鋪地毯的業務給他。他對大哥語重心長的說了：「少年ㄟ，我是看你很有毅力，很積極很有衝勁，才給你機會的。」

而當老板電話告知其侄子已簽約之事時，其侄子對這嘴邊的肉，在手的肥羊，煮熟的鴨子「竟然給飛了」，令其大為疑惑不解究竟是何因？大哥只聽得老板在電話中答覆他：「你只來晃了一次後就沒再來了，而他來了七次……。」

在場的大哥感覺到，話筒那一頭的侄子一時之間「啞口無言」默不作聲……。

當冬至前一天陪同八五高齡的老爸返鄉回金「吃頭」的大哥，在茶餘飯後閒聊中說起這歷經「七次」拜訪才成功的業務時，哇咧，真令我對他「刮目相看」崇敬有加哩。

存款

銀行郵局誰最夯

說到存款，大家首先想到的是什麼呢？銀行，郵局。啊，你們都說對了！

小時候整個大環境不是很好，對於所謂的「銀行，郵局」這種機構完全沒概念，也不知道它們的存在。及至長大後才知道如果我們有「多餘的錢」，就可以把它拿到「郵局或銀行」去存，再而，為了鼓勵大家養成儲蓄的習慣，每隔一段時間，還會多給你一些「錢子」，啊，就是生利息啦！

只是，同樣是存款的地方，可銀行與郵局比較起來，感覺上「銀行」是比較「有錢的錢莊」，專供那些做「大生意」的老闆在進進出出的，專供「有錢人」存放「巨額存款」的地方（啊，熊熊想到阿扁的「海角七億」就是個最佳典範）。但銀行為什麼讓人感覺到比較有錢？一副「財力雄厚、財源滾滾」的樣子？啊，很簡單嘛，因為字眼上有個「銀子」的銀啊。所以，個人認為，銀行是比較「貴族型」的。

而相較於「郵局」呢？感覺上是比較「平民型」，比較貼近整個社會的普羅大眾。到郵局的氛圍感覺上是比較親切、隨和的，在窗口服務的帥哥、美女們也彷彿是每個人的好朋友似的無啥距離感。我亦覺得，在郵局存款是比較隨興的，完全不用去在意存了多少數字金額的問題。

當然，銀行、郵局除了提供大家存款外，它們尚有許多其他的服務項目與功能。而大家都公認，在銀行或郵局工作真好，真讚！他們都是「捧著金飯碗」很讓人羨慕的一群。尤其是櫃台人員，他們上班每天都在做「財神爺」忙著幫客戶收錢存款，也在做「散財童子」忙著幫客戶提款撒錢。

銀行、郵局每天「錢來錢去、錢進錢出」，啊，每天的工作、業務，就是和錢脫不了干係，每天就是和「誘人的銅臭味」（呵，呵，聞到有點兒「酸味」嗎？）在打轉。試問，這種堂而皇之坐鎮著「每天看鈔票、數鈔票收鈔票」的工作，又有幾人可以幸運地「雀屏中選」呢。

原來工作兼兩職

想當年小女子雖不是家中老大，但為了要讓家境好一點，更為了要擺脫掉我最討厭的「英文、數學、物理化學」，遂「自告奮勇」地放棄學業向父母說著：「我不讀書了，我要早一點出來吃頭路賺錢。」

唉，年少不讀書，腦袋只想「早點賺錢」，真是標準的「短視近利」。婚後在家當「閒」妻涼母，孩子幼畢時，有天老公突然開玩笑地說：「啊，我被妳『騙了』ㄟ，唉，想不到妳學歷這麼低，現在孩子要讀小學了，就是想幫妳找份工作也很難找啊！」

蝦密？現在你才「發現真相」喔，誰叫你婚前被我的「美色所迷」，也不問清楚。小女子嘿嘿冷笑兩聲，相公，「木已成舟」，愛的成品兩個，現在才說被騙已經「來不及」了。

想想，婚前已工作十年，逮到長期飯票後就想休息專心在家「相夫教子」，做「管家、褓姆」就好了，誰還蠟燭兩頭燒，「做牛做馬」過朝九晚五的上班日子啊？

可世上偏偏就有許多「天不從人願」的事發生。有天老公下班，他興高采烈的說：「老婆，我幫妳在學校『抽』到一份工作了，下個月妳就可以去上班了。」

瞎密？「抽到工作」？這種好康的「天上掉下來的禮物」來得太突然了！可是，好不容易退出職場，在家休閒六年，覺得日子過得「挺好」的我，現在熊熊又要再入職場「繼續努力」，啊，讓我有點被「推入火坑」的感覺，而且，下個月馬上就得去「上班」……。

但是，有工作不去又很可惜，想想，為了可和孩子一起上學，還是再去「認真打拼、吃苦耐勞」一番吧！

上班了，一眼瞧見角落的大櫃子上置放著一排排一袋袋的「綠包包」，上頭都還寫著各自的「班級」。

我問老公：「這是做啥？」

「ㄛ，學生存款啦，以前是護理小姐在兼職，現在學校說交由妳來接管。」老公「一派輕鬆」的答著。

猶仍記得，老公當時只說負責「福利社」事務而已，好像沒提到還要兼辦整個學校的「學生存款」。原來，這是一個「身兼兩職」的工作。

「存款」，會不會太難？我不知道。但老公打包票說：「不用怕，有我全力協助妳，妳盡可放心。」

傻傻的我衝著老公這句話及抱著「初生之犢不怕虎」的勇氣告訴自己，先做做看再說吧，如果萬一真的「無法勝任」做不來，哎，大不了「讓賢」，辭職走人。

精神與物質結合

上班第二天，訓導處陳組長拿來一疊每學期發剩下的教科書，撕下幾頁後開始教我怎樣「包銅板」。完全還沒進入工作狀況的我，正對著一堆堆的一元、五元、十元的銅板發愁哩。（當時五十元硬幣尚未發行）

原來包銅板也是有點小技巧的，太軟的紙圈不住銅板，太硬的紙又很難滾。而教課書的

「紙質」剛好軟硬適中，尺寸大小剛剛好，不需刻意再去裁剪。古人言「工欲善其事，必先利其器」，真是一點也不錯。

原來，我的工作也是每天在摸錢、數錢、包錢和交錢，每天對著一堆堆大圓中圓小圓的銅板，要把它們「一一攤平」，要把第一疊十個排好，再把五疊包成一捆，而帶頭的那一疊「特別重要」，絕對不能多一個或少一個，否則一疊錯，五疊全錯，「差額」自行負責。

有空檔時，我就不斷地撕裂著一本本的教科書，邊撕邊覺得對不起「古人」，古人對於「有字的紙」是十分珍惜的，說那是「孔子公」，即使是廢紙一張，也不能扔進垃圾桶，而是要用專屬的金鼎來焚化這些有字的紙。如今，我卻把這「書香味」的課本拿來包裹這「銅臭味」的銅板，只能「美其名」說這是「精神與物質的結合」，真是「超完美的境界」啊。

小型郵局業務多

開學第二週，我的「蜜月期」已過，我的「災難」和「挑戰」也開始了。因為，要開始瞭解整個「師生存款」的所有作業流程，同時也要馬上進入「緊鑼密鼓」的存款工作。

首先，我得為一年級的新生編帳號，再調好號碼機把帳號分別蓋在各自的存簿和存款卡上，後再一一蓋上「師生實習儲金局」的圓戳。

還有，如果有半路轉學來的學生，要辦「新開戶」存款；學期中有要轉出的學生，需辦「終止戶」，提清全部存款；如果家中有「急需」的學生，要有家長同意書才能辦「提款」；以及，每張存款單都要蓋局號章、校長章、經辦員和郵戳等四個章，每次存款後每個學生的存簿、存卡都要蓋章，每次存款，光是蓋章就蓋得頭皆眼花。

以及，「年度大事」是每年畢業班的提清存款和每學期得「加一次利息」。還有，萬一學生存簿搞丟了，要先辦「遺失」終止後再提清存款，要重新申請「新開戶」編新帳號再存款。

喔，看看這些事項，原來，不是只有簡單的單一「存款」而已，這「附屬」在學校的小型郵局，業務還真多咧！

新手上路烏龍多

「存款」對於老鳥導師是不會出什麼差錯的。可對於一些新手老師或代課老師他們搞不清楚狀況，就會出現一些令人噴飯，為之傻眼的狀況。

例如：有的把「存款金額」只填在紅色「存款單」上，存簿，存款卡上「沒做記錄」；有的把「總計金額」沒用國字大寫，很率性地直接寫阿拉伯數字；有的是明明「各自分開」的兩張存款單，總計欄內寫的卻是「同一個數字」，因他把全班總存額寫在共計欄內。而班上總存額只能「自己做記錄」，在每張可填寫二十人的存款單上，「總存數」是各自獨立的；有的是原本已乖乖躲在綠包的「三摺」存簿，偏是給弄成「無褶」的長方形，直直地「跑出」綠包的袋口來「觀看世界」；有的是存簿與存款卡「鬧分家」，一邊一國（存款卡要夾在存簿內）。有的把「有存款」的和「沒存款」的通通放在一起，來個不分藍綠「大和解」（應該要分開，比較好查對）。有的老師「太認真」了，連應該是空白著的「角、分」欄都畫滿了圈圈，滿張的圓圈真看得我「眼花撩亂」。

唉，這些都不算什麼，「仙人打鼓有時錯」，何況是新手老師。只是，碰到有件最誇張的是有次有一班來存款了，當我攤開存款單要作業時，存款單右邊的結存欄竟然「全部一片空白」，這讓我當場瞠目結舌。只能說這老師「太天才」了，太專注於「存款」了。可那一筆筆款項存進帳戶，無須填寫告訴郵局「結存多少」？那結存欄純粹是「僅供參考」？

這些個無奇不有的狀況，還真為我在十分繁瑣暈頭轉向的存款事務中增添了不少笑點與趣味呢！

錯誤連連不得解

唉，初次辦存款，原以為把錢和三聯單交到郵局就沒事了。結果……結果，哎呀，不是這麼一回事的。原來，更麻煩更難的事正在後頭等著妳。

存款後不久，我收到一疊厚厚的「郵政文件」，打開一看，密密麻麻地一堆人名，密密麻麻地一堆數字。我跑去訓導處問葉主任，這是「怎麼回事」？答曰：「這是錯誤單，備註欄寫的二三就是二〇三班，五六就是五〇六班，妳得一一把他們找出來仔細查對、更正答覆後，蓋上校長和妳的印章及實習儲金局圓戳，再送交郵局。」

既然有錯誤，理當更正。但沒想到這「第一次存款」下來，「錯誤」上百個，讓我找得快發昏，查對的頭暈暈。葉主任知道我這生手完全還搞不清狀況，他說：「最好是在存款後一班一班查對帳目，發現有錯誤就及時更正後再送交郵局。」

瞎密？一班班查對？全校四十二班一千八百多人，那要花多少時間來查對？存款加上次結存就是總數，數字都是「加」法，怎麼會有錯？

可我真是想得太天真，不止同學會算錯加錯，就連老師一樣也會忙中有錯，一樣會「凸槌」算錯加錯。

為了減少錯誤，我也很認真的一一查對後再拿去郵局存，可不管我再怎麼仔細查對，畢竟我面對的是一千八百多個學生，「漏網之魚」的錯誤還是頻頻出現。

可那傷腦筋、要人命的錯誤數字，不比福利社說少了數十元賠錢了事，而是多一元少一元都要「找」得半死，常常為了「追蹤」這些惱人的數字，查得細胞都死了好幾萬個。

記得有一次，我答覆的錯誤單一直「很不理想」，局長就派陳先生專程到校來「輔導」我找尋正確答案。

在看了一大堆資料後，陳先生說：「黃小姐，有問題時，妳要先查看『帳號』才對，帳號是最重要的，帳號寫錯了，他存的錢就跑到那寫錯的帳戶去，原本一個人的錯就變成兩個人的錯。」

天啊，真是「一言驚醒夢中人」，難怪不知「訣竅」的我經常搞得眼花暈眩。如今，既然知道了「帳號」的舉足輕重，我就特別注意帳號的「正確無誤」，查起錯誤來也輕鬆多了。自然，那一疊厚厚的「郵政文件」也就瘦身不少。

導師賠錢全不知

低年級的存款因為小朋友太小，所以都由導師在做。但中、高年級的存款，有的導師就把存款的事務「全權」交給能力很強的班長或事務股長處理。

印象深刻的是在有次的查對錯誤中，有個學生存款簿和存卡寫著存一百元，但繳錢的紅色存款單寫的是存一千元，到底那個才正確？在詢問了班長和當事人後，原來是班長「多畫了一個零」，導師自己倒貼九百元居然都沒查覺到。我倒滿佩服老師給予班長「完全的信任」和「完全執政」。

至於那個差額，我們影印了一份「存款單」讓學生帶回家給家長看，請同學在下一次存款時帶一千元來，存款一百元，餘著九百元補還給老師。

可見，錢的事絕對要帳目分明，一分一毫都不能凸槌，班長無意中多劃了一個零，這一差就差很多哩。

一元存款師照收

在兼辦存款的業務裡，有時都會發現一些新鮮事。

有一個低年級的學生，每次存款只存「一元」，次數多了後我忍不住向巧女老師哈啦：「這位小朋友都存一元，老師妳都照收，真的是個性好好ㄛ。」

老師笑著說：「她家境不是很好，而全班每個同學都有拿錢來存款，如果她沒存款，她自己也會覺得怪怪的，多了又沒有，所以，每次都拿一元來存，一元也是錢，我當然也都照收讓她存款啊。」

洪巧女老師的慈悲心腸，顧及小朋友的心靈感受，真是為人師者的典範啊。

銅板讓人看傻眼

還有個低年級班，每次存款時導師必定「親力親為」，捧著「重重的存款」前來繳交。

因為，班上有一個小朋友固定每次存款全部是五、六千元的「銅板」，一元的、五元的、十元的、五十元的，從來「沒見過一張百元鈔」。

我好奇的問著老師：「怎麼回事？每次都『固定』存這麼多銅板哇？」

只見王老師露出一點點兒苦笑說：「啊，那是小朋友的媽媽，她把每次購物後找回的零錢都通通放入撲滿內，要『存款』時再通通倒出來數好、包好，再親自帶來學校給小朋友存款。」

啊，原來如此，這還真是個「很另類」的媽媽ㄟ。

半夜加班連聲嘆

每學期一次的「加利息」是我存款事務中的「大事」，也是讓我最頭痛的事。上班時福利社拉拉雜雜、瑣瑣碎碎的事也很多，真正空閒的時間很少。所以，這惱人的繁瑣的存款業務幾乎有三分之二都是「帶回家」努力以赴。

加利息時我需要「全神貫注、不受干擾」。加利息時也不能假手他人，萬一加錯，帳目不對得又找的半死，倒楣的還是我。

夜晚時分，我常等最小的幼兒睡了，在客廳的孤燈下「趕工加夜班」，要是孩子醒了，還得跑過去哄著、安撫她繼續睡。有時往往加到凌晨兩點多才上床，而早上還要上班呢。

老公有幾次也想幫忙，可他沒耐性，多少會看錯、加錯。對於「越幫越忙」的他，我只好敬謝不敏。

唉，「能者多勞」的我，每次深夜趕工，抄利息操得半死，看看咱李家老爺，他樂得清閒，睡得香甜，我免不了直搖頭嘆著：「唉，歹命啊，真是歹命。」我這是「為誰辛苦為誰忙」啊？

更慘的是好不容易加完利息後，緊接著馬上又是雙號週的「存款」。這讓我完全沒有喘息的空間，對於存款，只有一句「疲於奔命」可形容。

後來，做久了也漸漸學聰明了，每逢加利息的這個月就「暫停存款」，老師和辦存款的學生也樂得放假，我也放鬆心情慢慢加，雖然一樣嘆息連連，但不用再辛苦的「挑燈夜戰」，情緒也就不再那麼鬱卒了。

數錢數到手抽筋

碰到「存款週」，就是整整一星期都在和數字「打仗」，每天都在數那「花花綠綠」的鈔票，皮包都要換成大包包。

中午回家倒出滿滿一大袋的錢，下午下班回家，一樣倒出滿滿一大袋的錢。晚上邊看電視還要邊把「今日所得」的錢來做「分類」。千元鈔、五百鈔、一百元鈔、五十元鈔各別分組（二千元鈔尚未問世）。

分組了後還要對著這一堆堆的「鈔票山」來數數兒。白天上班已經數錢數得頭昏眼花，下班回家了還是一樣要數錢，要數足一百張捆成一綑，再由老公上下左右拍打一番，一一給它們來個「美容整形」，變成一塊塊方正可愛的「錢磚」。

平常日子全校存款總數也還好，總在一百萬以內。最恐怖可怕的是「春節」過後，開學第二週的「紅包存款週」，每年此時，就是我「把錢財視如糞土」的苦日子又開始了，剛過新年的歡樂氣氛完全消失殆盡。

照說我應該是很開心的，因為，全校小朋友的紅包，通通都匯集「送到我這裡」來了。可無論錢存的再怎麼多，我終究還是個「過路財神」，只能「暫時擁有」，不能「長長久久」。

話說這過年後的存款「真的很多」，每次都上百萬。印象中最深的是有一年存到將近三百萬。那一年我桌上的那張「中正國小各班存款表」最夯，點閱率最高，老師總會好奇地順便看看那一班存的多？

那一年的春節存款，最低數目是六萬起跳，存款金額一班比一班高，彷彿大家在暗中各自較勁競賽，看得我都目瞪口呆，難怪親自來交款的老師們看了別班超乎想像的沖高數字時，都忍不住發出一聲聲地驚嘆！

而我，面對著倒在床鋪上「堆積如山」的鈔票，只好呼喊著爸媽和小孩來幫忙「分類」，數數兒的事不敢假手他人，由我和老公來數，此時此刻，真的是只有一

句數錢數到頭發昏「數錢數到手抽筋」可來形容。

友情贊助心感謝

每次都被「錯誤單」搞的快發瘋，「電腦」有時也會出錯。我想應該是存款單的阿拉伯數字有的寫得模稜兩可，讓經辦員或電腦輸入錯誤，有的明明是字跡端正，結存正確，可電腦還說妳錯？這時應該是經辦員「眼花」看錯打錯了。

每頁錯誤單的答覆永遠只有兩種版本。一是：電腦正確，錯誤結存已更正；一是：結存正確，電腦錯誤（再附上影本為證）。有時還有一些有的沒有的錯誤，看著，找著、翻著一大堆的資料，還是霧煞煞。這時已近抓狂的我就捱著一點點邊胡亂答覆應付了事。

當然，這樣有點正確，又不太正確的答覆由郵局回覆到台北總局，有時好巧不巧的「過關」了（阿彌陀佛，不用再被總局、郵局「苦苦追殺」），有時好死不死地被「駁回」了，害得「管理員阿輝」被叮，我一樣還是得找出「正確答案」。

為了兼辦這惱人的、令人頭痛的存款，以及永遠會發生的這些錯誤單，每每我都想「落跑」辭職不幹。每次問老公：「可不可以不要兼辦存款？」我寧可少賺郵局這份薪水。可答案永遠是：「這絕對是不可能的『代誌』。」除非妳「魚與熊掌」皆不要，辭職回家吃自己去。

啊，「薑是老的辣」，管理員阿輝和負責學校業務的阿姿小姐（蔡麗姿），也深深瞭解我常被這些有的沒的錯誤單弄得「灰頭土臉」一個頭三個大。因此，只要在他們能力範圍內，就由他們「代勞」，努力去找答案。

啊，內心真的是很感謝阿輝和阿姿三不五時的「友情贊助」呢！

阿輝說會出人命

可有一次，又有一個「難纏」的錯誤在我答覆後被總局駁回，我回覆後，總局說不對，又遭駁回，我又寄出，總局又再退回。

公文這麼地被丟來丟去、拋來拋去，這時候，連帶地把當夾心餅乾的管理員阿輝又給連累了，上級叮他「督導不力」，而我對我的答覆又「無能為力」，他「萬般無奈」之下又得代為「尋找」正確答案。

只是，在他努力找著、翻著一大堆的資料時，剛好我也有事上郵局，他在窗口看見了我，也忍不住搖頭嘆著氣說：「黃小姐，處理妳這樣答覆的錯誤單，還真會『出人命』ㄛ！」我也只能訕訕地苦笑著頻頻說著：「歹勢，真歹勢啊」。

事非經過不知難，對於他的「出人命說詞」，我是「感同身受」。如果這種「文件」多了時，一次次反覆查下來，真的會出人命的。

支票是否可以存

有一次存款，有一低年級導師前來問著：「班上小朋友的家長說要開張『支票』讓小朋友存款，可以嗎？」

我一聽，當場幾乎傻掉。繼之一想，又覺得這家長真是「天才加搞笑」。雖然「支票」也是錢，但是，經辦存款十多年來，第一次碰到說有要存「支票」的，真是只能讚嘆著說：「這真是太神奇」了。

當然，我的答覆是：「存款只收現金，不收支票」。

帳號誤差全班錯

話說在每學期結束時，我的存款業務必須要繳交一張「報表」。報表裡詳細記錄著這學期各班的「總存額」，各班的存款名次，前六名的班級可得獎金六百元，各班的「錯誤次數」，如果一整學期存款都沒錯誤，可得獎金一百元。

每次在填各班錯誤次數時，總是煞費苦心。其實，要說整學期存款都能做到「零缺點」的話，那真是「太強了」。錯誤難免「加減有」，只是錯多和錯少而已。

通常，如果只錯一、兩次時，我就放水畫個零，錯誤多次或超多次時就酌量減少，總之，盡量把數字壓低，讓師手一份的報表在錯誤次數欄內「好看些」。

有一次，一低年級班的老師，把開頭第一個的帳號寫錯了，而低年級新生都是連號的，第一個記錯「沒發現」到，緊接著就把尾數一個個一直「延續」下去。當時我也未去查對，因低年級班真正有錯誤的極少。結果錯誤單發下來，這種全班都錯的「紀錄」著實讓我嚇一跳。

難怪很多女老師都說「不喜歡管錢」，看到數字就頭痛，家中「財政部長」都讓一家之主去當，自己落得輕鬆，但前提是「部長」不得有「劈腿」嗜好。

唉，想想，我也是「人在江湖」身不由己，我未讀商科，我也討厭這「兼職存款」的事，我是被逼著「上梁山」的啊！

廣播完全沒聽到

以前要存款時，都會在星期一的週會上廣播通知。可往往眼看著最後限期快截止時，還是有幾班「遲遲不來」未見人影？這時就得差請工讀生去「關切」一下，看是「要存」或「不存」？

此時，要存的，老師就抽空趕緊「快馬加鞭」，火速送來繳交，不存的，是因為時間太急迫了，手頭上有事忙，趕不出來就選擇「放棄」。這一放棄，在學期結束的評比表上鐵定是敬陪末座穩得「最後一名」。

而這種情況的發生是廣播通知時，風向不對聽不清，班長、事務股長也沒在聽、也沒和「左鄰右舍」的班級多多互動，詢問一下「是否該存款」的消息。

所以，以後所有有關「存款」的事務，我皆改為書面通知，交由工讀生負責傳達給各班班長。諸如「存款須知單」、「存款單」、「加利息單」、「錯誤次數單」、「畢業班提款單」，在此，我要感謝我的工讀生，她們勤快地樓上樓下「全校跑透透」，讓我的存款業務得以順利推展。

我與綠包針線情

有時候，女老師們剛好沒課時親自來存款，我們都會哈啦幾句，聊到興頭上時欲罷不能，越聊越開心就聊到下課。雖說存款業務是個「燙手山芋」，讓我急欲丟之而後快，但是，也因著存款的機緣，我和諸多女老師們都成了好朋友。

存款、存款，看著櫃子上一袋袋的綠包，它們「一袋傳一代」，有的是保存良好「完整無缺」，有的是齜牙裂嘴，露出裡面的存簿存卡，有的是鬆緊帶掉了，就用橡皮筋綁著，有的是班級已「模糊不清」難以辨識是何班？有的是髒污斑斑像是撿來的……。

看著這一群「老弱殘兵」，年久失修又灰頭土臉的「綠包」，身為「大總管」的我，只好帶著針線來上班，有空時再一一修補，把裂開的一針一針給縫合好，把沒「綁」帶子的給補上帶子，把面目全非的給重新寫上班級，把髒污的分批帶回家清洗。

後來，學校終於有感於堂堂一個大學校，那相傳多年早已破破爛爛的存款袋怎能看？於是訂做了一批新的「存款袋」。啊，果然東西是「新的好」，讓人看了眼睛為之一亮！但是，還有一句別忘了，那就是「人還是舊的好」啊。

偽鈔盛行心怕怕

有一年，「偽鈔」特別盛行，電視、報紙不時在播報。我兼辦存款，心裡也怕怕，怕收到假鈔。又萬一是「千元鈔」來個兩張，我每月郵局的貼補就去一半，那我就天天做白工。

想想早幾年，紅色的十元鈔尚未回收前，它的顏

色、大小和百元鈔差不多，如果存款點鈔時「眼睛不夠亮」，我就要倒楣了。所以，每當我點數「百元」鈔票時，就算數得眼睛脫窗也一定要全神貫注「猛盯」著鈔票看。

當然，以我多年來「明察秋毫」的功力，往往輕而易舉地揪出那「魚目混珠」躲藏在百元鈔內的「拾元鈔」。

再說「假鈔」，老師收好錢交給我，我要負責收全校各班的錢，根本不可能看什麼「真鈔、假鈔」，如果真碰到假鈔，我找「那一班」要去？

不過，在那段「假鈔」猖獗的日子裡，到郵局存款時，很有人情味的阿姿總是邊看著點鈔機邊說：「珍珍，如果有發現假鈔時，百元的通通我負責。」我聽了自是很感動，但如是「千元」呢？那沒話說，就我破財自付了。

所幸，每一次的存款，阿彌陀佛，點鈔機都乖乖地從一數到一百，沒有中場休息忽然給「蹦跳」出一張假鈔來，我還真是傻人有傻福哩。

存款有鬼親自去

早幾年存款時都是交由工友拿去郵局存，可是存著存著，有時他會回報說短少了兩百元，他當場先墊了。

我想，人總有缺失的時候，也許真的是就有兩束百元鈔沒數好，變成九十九張！我二話不說「如數照付」。

之後，這種總是短少的情況三不五時就會發生一次。雖然數目不大，每次都三、兩百元，但次數多了不免讓人存疑？難道我真的就那麼差嗎？這根本是不太可能的事。每個班級繳交時我數一遍，全校交齊時，總存款又數一遍，這些「錢財」前後總共經過三次的「嚴格把關」，怎麼可能再「出錯」？再說，出錯也僅限於一或兩次，頻頻出錯那就有鬼。

後來，我就利用下班時間或星期六早上，親自去郵局存款，不再假手他人了。

而「一回生兩回熟」，因著「校務」的往來常跑郵局，自然而然地也就認識了整個二樓儲匯窗口的所有服務人員如阿姿（蔡麗姿）、阿繡、（何繡印）、龍ㄟ（林文樑）、王金山、王蔭堂、董子土、阿健（楊文健），楊則軒……，大家都把我當做是他們「外放」的員工來看待，都成了好朋友哩！

密集存款師抱怨

唉，存款，存款，存款原本是「優良的品德」，學校鼓勵小朋友存款，原本也是美事一樁。

但是，一個月存款兩次，真的是太密集了，導師們都抱怨連連。

有的說：「上課教學已經很忙了，下課或沒課時還要改作業，班上如果同學間有狀況，還要來排解，又要辦存款，真是沒啥休息的時間。」

有的坦言：「現在學生存款，都是伸手向家長拿錢來交，這是『家長在存款』，真正學生在存款的不多。這種存款已完全失去意義。」

有的更直截了當地說了：「人家別的學校都『廢除存款』了，我們卻還在辦，可不可以建議學校『廢除存款』啊……？」

啊，別說導師們受不了，我這校長兼撞鐘的經辦員更受不了，別說導師們建議要廢除存款，我比誰都還想舉雙手廢除哩。

再想想，導師們只負責一班學生，而我「身擔大任」要負責「全校」的學生。碰到「存款週」，就是整整一星期都在和數字「對抗」，下課時，小朋友們按照先來後到的規矩排隊等著我數鈔票，每一天無時無刻都是在數鈔票，簡直快發瘋。

唉，春節存款時，每每我都數錢數得哀聲嘆氣，很希望老公出現幫忙數，他有課時上課，可下課後他要在辦公室泡茶喝茶閒哈啦，誰還理妳？他把當初要「從旁協助」的諾言忘得一乾二淨，現在的我是「凡事自助」。想到這，我「咬牙切齒」越想越氣，數錢數得火冒三丈。

後來，不知是我那根筋不對，忽然「變聰明了」。我把一月兩次的存款給「自動」改為「一次」。存款既然「無法廢除」，那麼，有存就好，何苦惹煩老師，累死自己。

所幸，歷經李灶烽校長、劉海心校長、楊肅正校長，他們都沒插手過問此等「存款大事」，否則，再一個月存款兩次，小女子我早早就「逃之夭夭」跑得不見個人影了ㄟ。

畢業提款是大事

話說鳳凰花開，驪歌輕唱時，畢業班就要跨出學校大門了。此刻，小朋友們努力存了六年的錢，當然也「跟著畢業了」。

這時候，我那玩世不恭讓我又愛又怨的老公就「派上用場」了。這時候，我是「完全不管事」的在一旁涼快。畢業班提款上百萬都由他去領，由他分發各班總存款給導師，分發各班裝錢用的信封袋，分發「家長簽收單」，分發各班百元鈔、五百元鈔、千元鈔、銅板各須多少？

每年的畢業班提款，如此大費周章地辦了數年後，有一年，郵局和我一樣，忽然也「精打細算」地變聰明了。

以後畢業班「不提款」了，原本郵局有開戶的同學就填「轉帳單」蓋上原印鑑，直接把錢轉帳入戶；如在郵局未開戶的，就填「開戶單」把這筆錢辦「新開戶」入帳。如此一來，「肥水不入外人田」，畢業班上百萬的存款，一毛錢也跑不出郵局，而我們也樂得輕鬆。

想想，郵局是我們生活中的好朋友，時代在進步，郵局的服務與功能也越來越好，大家可曾想過，如果我們居住的地方「少了郵局」，那會是怎樣的一番景況啊！

心算變得超級好

遇到「存款周」時，每天面對「存款單」做「數字大戰」。初時當然會用電子計算機把一筆筆的金額加起來，看看總數對不對？可後來覺得這樣速度太慢了，就試著用「目視心算」來加總數。看著看著，算著加著，在不斷地自我訓練之下，速度就越來越快，這樣就縮短了各班同學們等候我數錢的時間。這也是我兼辦存款之後的最大收穫哩！

一人郵局我最強

縱觀地區各個小學，有兼辦「存款」事務者，學生人數絕對沒有「中正國小」當時一千八百多個學生來的多。而這幾年的「魔鬼訓練」下來，吼，不瞞你說，不但不少老師佩服我，誇讚我「有能力、真厲害、不簡單」，就連我自己也覺得我真的是「太厲害了」。啊，我真的「太佩服我自己」了，我居然在學校「撐了這麼久」。我這超強無敵的「一人郵局」，誰人甲我比？

終於解脫心開懷

哇咧，太棒了，民國九十四年九月，我終於「回歸家庭」。真的是太開心了。以前，年少時為家中父母打拼，婚後，為自己的家庭打拼。現在，我的「階段性」任務都已完成。今後，我要做自己想做的事，我要過真正「屬於自己的日子」。

我不用再每天和鈔票、銅板「奮力作戰」，不用再和一堆堆的數字做「生死鬥」，不用再撕一本本的教科書包錢，不用午睡時還頻頻醒來看錶怕遲到，不用再查什麼碗糕「錯誤單」，不用再填一堆報表。啊，許許多多煩人的事從今而後都通通「不用」了。

啊，阿彌陀佛，謝天謝地謝菩薩，我的時間和精神都「重獲自由」，終於都解脫了！

局長該頒我獎狀

啊，閒來無事拉拉雜雜地哈啦了這麼多「存款的辛酸往事」，好在凡事皆有個「始末定律」，有開始就有結束。如今，我也「脫離苦海」三年了，現在熊熊忽然想到，我為金門郵局做了十八年的業務，存款業績一直保持「上千萬」，現在「功成身退」了，當初怎麼都沒想到，雖然我不是郵局的「正職人員」，但畢竟我們也「業務往來」了十八年，局長是否該頒張「感謝狀」給我？

嗯，下次到郵局時，得向現任局長「反應一下」，可否補張「感謝狀」給我？啊，開玩笑的啦，哇哈哈哈，別把局長給驚到了ㄟ！

阿芳的故事

阿芳是母親在台大醫院開刀時請的看護，身價不菲，日夜兼顧，每天日薪二千元，我們請兩星期。

阿芳中等身材，皮膚有一點黝黑，芳齡是四十多一點。這是我對阿芳的初步認識。

我專程來台探望母親，自然是天天來醫院報到，陪伴母親。之前，為了母親要開刀做人工髖關節，亮姐夫婦早兩天就來台安排所有開刀事宜及至手術順利，安頓好一切後再回金，我接替的是「陪伴」的任務。

其實，母親住院期間，父親夜晚也沒回家，一直是全天候「隨侍在側」的。請看護是因為手術後的母親，特別須要細心且專業的照護，而這些，媳婦們是做不來的。

在台灣這個環境，大家都有各自的工作與家庭的生活壓力，尤其是身處首善之區的台北縣、市，生活節奏緊湊，時間總是不夠用，如果還要照顧年老多病的父母，老實說，根本「分身乏術」。

可偏偏多次申請外傭都未獲准，政府的法令越來越嚴苛，不從人性的考量為出發點。多病的母親，年老的父親，是多麼需要請位外傭來照顧啊。

母親睡著時，父親在病房外走走逛逛，我與阿芳則小聲閒聊，偶爾母親醒了，有時旁聽，有時插上幾句加入聊談。

起初，我和阿芳聊些今天天氣很好及一些風馬牛無關痛癢的事。後來因著天天見面，接觸的時間多了，我們彼此都欣賞對方坦誠的個性，遂敞開心懷無所不談了起來。

我問阿芳：「妳有幾個小孩？」

「兩個，一男一女。」她答著，後從皮包內拿出兒女的大頭照給我看。相片中的兩個孩子都很可愛，尤其是男孩，清秀地臉龐像是女孩似地，讓我熊熊錯認他是女孩。

我又問：「妳老公從事什麼行業呢？」

「我公婆家是做六合彩組頭，也滿賺的，他就在家幫忙，從未到外面工作過……。」

「但是，我離婚了，已經快十年了……。」阿芳忽然話題一轉，如此坦然說著，而表情和心情沒任何波動，好似在說一件「事不關己」的事。

這讓我有點小訝異。雖然現今的婚姻結構已大不如前，離婚的單親家庭比比皆是，但是，夫妻感情走到決裂仳離之路，無論對那一方都總是一個傷害。一時之間，我不知該接什麼話？靜默了一會兒後，好奇歐巴桑的我又問著：「那孩子呢？歸妳或歸他？」

「孩子都歸他，他家境不錯，孩子在夫家不愁吃穿，阿公阿嬤也很疼他們，我只要照顧好我自己就好了……。」阿芳據實相告。

「那妳是怎麼和老公認識的？」朋友介紹？父母安排相親？偶然地機緣相識？我先設想了幾個模式，不知是那一個？

「我和老公住在隔壁村，我們是國中到高中的同班同學，我們從認識到交往，整整也有八年的時間後才結婚的……。」

瞎密？同學六年後又交往兩年，這樣的「愛情長跑」也會出問題？真是匪夷所思。阿芳這個答案讓我嚇一跳，出乎我「意料之外」。

「那……，你們之間是有啥問題？」嘴上這麼問，心上卻想著，難不成是婚姻的「第一殺手」外遇？但是，他們擁有婚前八年的深厚「感情基礎」，照說婚姻基礎應是穩如盤石，怎可能忽地斷裂崩塌？還是真應了「相愛容易相處難」那句話？

「我們離婚是因為他有外遇，他迷上了一個『傳播妹』。」果不其然，外遇真的是婚姻的「頭

條禁忌」。但，什麼是『傳播妹』？土包子的我問著。

「就是在KTV陪客人唱歌、喝酒的小姐啦。」是ㄛ，以前不是叫「公主」嗎？何時又改了？

「當友人告訴我他有外遇時，我是『打死不相信』的，他在我心中永遠是那麼敦厚老實的一個人，我們婚後也過得很快樂、很幸福的，他怎麼可能瞞著我去歡場『尋歡作樂』？而更誇張的是像『中邪』似的深深迷上那傳播妹。」阿芳幽幽地說著。

「口說無憑，我要眼見為實。因此當好友掌握了他確實的行蹤後，來電告知我一起前往『抓猴』時，我還心存希望，是好友情報有誤，這萬萬是不可能發生的事……。」

「我那麼信任他、愛他，為了家，我也無怨無悔地付出，我買名牌衣服給他穿，有美食佳餚也帶回家與他和孩子分享，我把他照顧得無微不至，侍候得像皇上一樣。因為我愛他，愛這個家、愛孩子，所以我盡心盡力、盡其所能地來呵護他、呵護這個家，他怎可能背叛我？我怎麼想都想不到啊……。」阿芳繼續說著，往昔的心情一一湧上心頭。

「我躲在旅館外面，真的眼睜睜的看著他們親蜜的走出來。當時我彷彿『五雷轟頂』，真的氣炸了。」

「我衝過去抓著那女的就胡亂一巴掌賞過去，不想他卻護著那女的，生氣的一把推開我後，開車和她揚長而去，留下憤怒的我。」

「當時我的心都冷了、碎了，他在看到我的霎那，竟然毫無愧疚之心，且全力護著那女的，這讓我全面崩潰，不得不相信這一切都是真的。」

「我不能再欺騙自己了，我與他談判，是要這個家庭還是要她？」

「但是，當局者迷的他是『熱在頭上』，吃了秤錘鐵了心，說什麼也不願回頭。」

「到最後，眼不見為淨，我只有選擇離婚一途來釋放自己。」阿芳一口氣傾訴了這麼多後，又接著說：「我老公很帥的，高中時身旁也有不少追求者，但我們有國中三年的同班之誼，我們也很談得來，所以他並未動心。我在學校時也小有名氣，我好交友，和男女同學都打成一片，人緣非常好，我也有不少的仰慕者。但是，我們還是喜歡、甲意著彼此。我常去他家玩，他父母也很疼愛我，對我非常非常的好，這也是我嫁給他的原因之一。」

「其實我錯了，我的思考邏輯有誤。就算公婆對我再好，我嫁的是他，和我同床共枕過一輩子也是他，他搞外遇、迷戀傳播妹，公婆再好也喚不回他變質的心。到最後還是離婚收場。」

啊，身處現今這個時代，老公太帥也是「一種危機」。即使是已婚，在這個標榜「自由、民主」大肆開放的社會風氣裡，「愛到卡慘死」、「只要我喜歡，有什麼不可以」，誰還顧忌你「已婚」身份？照搶不誤。試問，當今男人能有幾個「定力足」的不受誘惑？

「那你們離婚後，他有和那第三者結婚嗎？」我問著。

「沒有，她根本不想結婚，不要結婚，她只要他做她的『火山孝子』，做她的『提款機』供她吃喝玩樂而已，誰要『婚姻的枷鎖』？誰要被他套牢一輩子？」阿芳恢復了平靜的語氣。

「那……，那妳的婚離的不是有點……？」哎，我不知該怎麼說。是「白離了」，還是「離得不值得」，還是「離得太衝動」？

總之，在當下不堪的情境中，婚就離了，誰還能忍受無邊的感情煎熬與精神折磨？而他沒和她結婚，不也是件值得慶幸的事。

「離婚後，我擔心年老的公婆沒能自己料理三餐，還常買便當回家給他們吃。公婆總也力勸他與我重修舊好破鏡重圓，但惱羞成怒的他竟然不領情，最後甚至於不准我回家看望孩子。」

「而最過份的是當他在沒錢花用時，為了向我要錢，不惜拿孩子來恐嚇、威脅我，如我不給錢，他就要虐待孩子不准吃飯、不准上床睡覺，甚而打罵。算算，我前前後後已被他勒索了近百萬元……。」阿芳說著。

瞎密？天底下竟有如此可惡可恨的男人，有臉向下堂妻要錢，不給還以孩子做為工具，用卑劣的手段來向前妻威脅恐嚇。

「但是，妳那來那麼多錢來供給他滿足他？」我問著阿芳。

「離婚後的我要養活自己，所以努力工作，最拼的時候我一個人做三份工作，清晨早餐店打零工，白天正職，晚上又跑去兼差做夜市的餐飲……。」阿芳仍以一貫平淡的語氣說著。

天啊，聽到這裡，我瞪大了眼睛，直說：「天啊，妳是女超人嗎？拼到這地步，妳真是太神勇了！」

「後來，我在疼愛我的兩個姐姐不斷地勸阻下終於清醒過來，不再供給前夫虛索無度的血汗錢。我換了手機號碼，他轉而逼問孩子，所幸孩子也看清了他的面目，堅稱不知道，私底下我們才偷偷連絡、偷偷見面……。」

唉，好好的一個家，卻因男人們貪戀美色及迷惑青春的肉體，硬生生的把家給「毀了」，這值得嗎？

「後來我也想通了，專職當看護就夠了，不想再那麼勞累了，好好照顧自己最重要。現在，我只等孩子平順長大，有能力自立後回到我身邊來，不再處處受制於前夫的威脅中。」阿芳笑笑說著。

雖是離婚離家，但孩子畢竟是自己的心頭肉，仍有割捨不斷血濃於水的親情，孩子是她生活的重心，精神的所有寄託。這真應了一句「有夢最美，希望相隨」。

末了，阿芳輕嘆了一口氣，滿懷感情地坦白說著：「雖然他對我這樣，但我不恨他，真的一點都不恨他，因為在我心裡，我仍是愛著他，永遠深深愛著他的……。」

天啊，阿芳這最後的「真情告白」，真讓我「瞠目結舌」，只能說阿芳真是個現今世間少有的「癡情女子」，即使在歷經身邊人變心、精神折磨與金錢損失的三重打擊下，在心靈深處，她對這可惡又可恨，一再踐踏她感情的男人的愛仍是如此執著，沒有絲毫恨意。

我真不明白，為什麼總有這些個男人中的「敗類」，這些沒心沒肝的可惡男人，他們都不珍惜疼愛像阿芳這種任勞任怨、勤奮節儉持家的優質好女人？難道男人真的是用下半身思考的動物？難道他們眼中就只有美色？難道真的是「女人不壞，男人不愛」？這世界變了嗎？變得這麼離譜、可怕，所有的是非、道德、倫理、價值全都扭曲變形了嗎？

接著，我們聊起了她的娘家。而說起母親，在語氣中她有著深深的遺憾，但說起祖母，她感情深濃……。

「我和哥哥、兩個姐姐從小都是阿嬤一手帶大的，阿嬤只有母親這個『獨生女』，從小就捧在手掌心寵著她，如太陽太大了怕她曬，不給她上學；下雨了怕她淋濕，也不用上學，在家吃好、穿好、住好。在阿嬤這樣子的層層保護下，驕縱又極其愛漂亮的母親長大結婚後，根本完全無法適應婚姻生活，無法困在家裡帶孩子、做家事，無法做『賢妻、良母』。母親生下孩子後，就丟給祖母帶，她就放心出門去『雲遊四海』，她不用擔心孩子會冷著、餓著，因為家裡有阿嬤和老公會替她頂著一切。『美麗與享樂』是她一生追求的目標，只有她在外玩累了、倦了後回到這個家來歇一下、看一下，之後又『不知行蹤』出去流浪、遊盪去了。久了之後，被招贅的老公忍不下去，只有離婚另娶她人。」

「我爸爸是個老榮民，是阿嬤給媽媽招的第二個丈夫。爸爸很疼我，也很照顧著同母異父的三個兄姐，但畢竟是歲數大了，在母親五十一歲往生後沒幾年他也走了……。」

「我對母親的記憶就僅止於她很愛漂亮，偶爾回家一下而已。在我們這四個孩子心中，阿嬤才是母親，我阿嬤一輩子都在『代替母親』操勞，她辛苦的養大帶大我們這些孩子，到最後連她在世上唯一的、心愛的女兒還比她早早離開人世，想想，我阿嬤她老人家心中的痛苦不知有多深啊……。」

聽了阿芳對母親的種種描述，讓我想著「一種米養百樣人」。如果不是她親口談起，誰會知道她有一個「特殊的異於常人」的母親，誰會知道她從生下來就沒擁有過母愛，所幸老天賜給她一個全心全意愛她們的阿嬤。

聽了阿芳的故事後，相較之下，我覺得我真是太幸福了。我擁有父母的愛、擁有完整的家。

阿芳是個堅毅勇敢的女性，當初再大再傷的感情波濤如今都已歸於平靜。我衷心祝福著阿芳，也許有一天時候到了，她仍深愛的前夫幡然悔悟，回到她身邊來，還有，一直和她一條心的孩子也會和她相聚一起生活。這樣，阿芳的人生就再也無所求了⋯⋯。

曉雲的故事

說起眾多好友之一的曉雲時，真是令人記憶深刻。

其實，我與曉雲在國中三年雖是同班，但卻是八竿子打不到一塊兒的。她因個子高坐最後一排，而矮個子的我坐第二排，下課時她們後幾排的同學聚在一起哈拉，我們前幾排的同學也各自湊在一起談笑，「長腿姐姐」和「蘿蔔妹妹」總是壁壘分明，「井水不犯河水」地相安無事。

所以，三年來對於後半段的同學，我們只知其名而素無往來。我想，一個人要是能與班上每個同學都打成一片，那真是「太有本事」了。

民國五十九年，當時大環境不是很好，學校畢業後班上同學有一半選擇就業，我和曉雲亦列其中。但我們都很幸運，很快地找到「頭路」。

曉雲在士校擔任打字員，工作輕鬆，待遇不錯。而我在軍人服務站轄下的「金城國軍賓館」服務台工作，待遇沒她好，假日也沒能放假，一個月規定一天的休假日讓我天天都得準時上班，雖然工作不是很「繁重」，但天天上班的日子讓我遇到國定假日和星期六下午、星期日時，情緒就特別不平衡，特別鬱卒，總是自怨自艾。

我沒本事另謀他職，因我沒什麼背景與高學歷，如何尋得公家機構的職位？能夠在面試時獲得軍友站舒站長任用，半夜做夢都該「偷笑」了，那敢得寸進尺要求什麼正常放假呢？再而，當時我的薪水是店員的二倍多，人要知足惜福，我安慰自己「比上不足比下有餘」。如此這麼想，「退一步，海闊天空」，月休一天的假日也就不再那麼令我傷心。

六〇年代的家鄉，鳥不生蛋、烏龜不上岸的地方，島上居民唯一的娛樂是「看電影」，但也不是每個人都愛看電影，也不是每一部片子都「好看」，何況，看電影獨自一人去看有啥意思？總要有伴有個聊談說笑的對象吧。

畢業了，求學與就業，大家各奔西東。不愛看電影的曉雲休假時在家也百無聊賴，兄嫂各自忙著，姐姐已出嫁，弟弟尚小，她沒個談心的對象，想到了我這個好歹也是三年「同窗」的同學，雖然當時並無啥交情與交集，但總有一些可聊談的話題吧！再說，她滿同情我的，人家星期六下午、星期天都在悠哉放假，可憐我卻還要守著「服務台」，因而有事沒事就常來我這兒串門子「話家常、說心事」陪我上班。

就這樣，「身高不是距離」，隨著她殷勤的陪伴，我和曉雲竟成了無所不談的好朋友。我們敞開心門從各自的工作單位、上司、同事到家中父母、兄姐弟妹、生活點滴，各自的喜好、觀念、想法，無所不聊……。

從不斷地接觸聊談中我發現曉雲是個直腸子、好惡分明的人。她沒什麼心機，言語率直，喜歡或厭惡，一切喜怒心情都很自然的寫在臉上，她絕不勉強自己去對上司或同事說些阿諛奉承的話。如果沒與她多接觸交談，還真不瞭解在她冷峻高傲的外表下還有著這可愛坦率的一面哩。

十八姑娘一朵花，那個少女不懷春？織夢尋夢的年齡，「愛情」的造訪成了她生活中的「重心」。她每每與我聊談著她的感情世界，我分享著她的甜蜜與快樂，當然也傾聽她的困惑與苦惱，往往亦適時地分析、表達我的看法。我成了她的戀愛顧問，解決她情海波瀾中「疑難雜症」的軍師。

曉雲雖然在外表上看來很成熟，但在思想上卻是極其單純。她娓娓訴說著學校中一位和她「走得比較近」的教官，閒暇時他們一起散散步，出去吃頓飯、看看電影。但曉雲總抱怨著「男友」不懂得對她獻殷

勤，討她歡心。她與他認識交往兩年了，一直處於「平平順順」的狀態中，她似乎很少感受到那種「刻骨銘心、魂牽夢繫」的感覺。她滿喜歡他的，也無意另交男友，而他身旁也一直是她在陪伴，從無其他「女友」出現。

有次曉雲突發奇想，故意幾天不理睬他，想「測試」一下他對她的感情到達何種程度？然而沒想到他居然「無多大回應」。「到底他愛不愛我？」的迷惘與困惑讓曉雲真快氣炸了，但又不忍斬斷情絲，數日後又重續情緣繼續交往。她與教官男友的感情就這樣一直處於情緒起起伏伏的狀況中。

我想，也許是個性使然，她男友是屬於內向「木訥被動」型吧！再而，以我旁觀者來看，或許是軍旅生活單調寂寞，對於曉雲的出現與交往，他是不熱烈但也不排斥，他是優柔寡斷的人吧，在「接受」與「拒絕」之間都難以做決定，就這樣「妳情我願」的日復一日保持著平淡的交往……。

六〇年代的金門，還是個很封閉傳統的社會，女人到了一定的適婚年齡是很敏感的，何況曉雲大我兩歲，她不願這段純純的初戀一直這麼拖著，而且重要的是他即將退伍回到家鄉，曉雲要他對她必須有個交待「有所決定」。

曉雲與我常談起對於「愛情與工作」若相互衝突時的抉擇，她說她是那種愛情至上，可以為愛「勇往直前」不顧一切的人，她願意為「愛」拋棄工作，離鄉背井跟隨所愛之人到天涯海角而不後悔。我就不同了，我會衡量工作、家鄉父母，即使愛情當前，我仍沒那麼大的「勇氣與決心」飛奔而去。我在乎工作、在乎親情，在乎我所熟悉的人事物。家境不錯的曉雲，薪水都自己存用，我則全數貼補家用，這讓她也常奇怪為何我總寧願守著工作而放棄其它……。

曉雲的他真的要返鄉了，她和他談著談著，最後他同意「訂婚」後偕曉雲回到家鄉結婚……。

戀愛「開花結果」了，曉雲喜上眉梢。我陪著滿臉幸福洋溢的她上街購買訂婚禮品，她還特地買了件昂貴的粉紅色高腰長禮服要在訂婚喜宴上穿著。

訂婚後，曉雲真的辭了那多年來的工作與他遠走他鄉。曉雲走出了我「休假日的陪伴時光」，帶著她濃濃的愛，追尋她的幸福去了。我的服務台變得好冷清，我在心中誠摯地祝福她過得甜蜜、幸福、快樂。

曉雲不喜歡寫信，那時金門尚無「長途電話」業務，三年了我們都沒連絡，直到她父親生病了她返鄉探望，我們才又見了面。曉雲仍是那有話直說的個性，我們開心地聊談著別後的生活近況……。

她拿出兩張「婚紗照」送我，我看著披婚紗的她，笑容甜蜜地依偎在新郎旁。但是，眼尖的我發現「新郎不是他」。曉雲瞧著我疑惑的表情，倒很開朗地侃侃而談，說當她以未婚妻的身份到他家時，就等著他擇一個良辰吉日好「完婚」。他的父母對她這媳婦也極好，她在家中也努力幫忙做家事，她與夫家弟、妹、親戚、鄰居也都相處融洽，只是和他一提到「結婚大事」時，他總說「不急不急」，目前事業無基礎，如何結婚？又說他知道她是不會在乎這些世俗禮節的。

她在他家住了近一年半，可婚事還是一直「拖著」，儘管他父母對她極好，也百般催促著他「早做新郎」，但他始終不肯點頭。她就這樣一直以「未婚妻」的名份在他家住著，她多渴望那戶籍上的「正式名份」啊。一年半下來，她越住越心灰意冷，她對他的愛情也燃燒得差不多了，他們彼此間曾經擁有過的美好感覺也漸漸消失殆盡、蕩然無存了。

她在台的親戚也屢屢勸她，青春有限，不要再和他虛耗下去了，世上好男人還多的是，她應該當機立斷，勇於面對現實，如此拖著拖著永遠不能「改變」什麼。她對「結婚」也徹底絕望了，也許這個婚約當初一開始就是個「錯誤的決定」。她聽從了親友的意見，斷然與負心的他說「拜拜」，選擇離開。她需要一個能給她信賴而有安全感的男子。

她脫離了那個「幻夢」後，她的親友熱衷積極的替她推薦理想的對象，她不想再自由戀愛了，只想要平穩的過生活。她總算相中了一位看對眼的，她和他「結婚」了，婚後她在親戚開設的餐館幫忙，日子也過得滿快樂的……。

看著她終於有個好歸宿，我真替她高興。從這番言談中我感覺到她在現實生活中成長了不少，少女時代滿腦子的浪漫情懷已不復見。現在的她，十分實際又理性。

曉雲回娘家待了幾天後就匆匆回她「自己的家」了。我與她亦再度失聯。但即使我們無書信往來，空間的阻隔並未影響我們之間那深厚的情誼，往昔我倆相互談心、談感情、談生活的一切美好回憶依然永遠深植心中。

沒有「冒險精神」的我終於選擇「留在金門」繼續工作、結婚、生子，一直沒有離開過這土生土長的家鄉。

時光匆匆，又是好幾年過去了。有一年暑假我帶著孩子到台一遊，我們去永和的百貨公司的遊樂場玩，孩子們正開心的坐了一部又一部不同造型的電動搖搖車，我則隨意的四處觀看著進進出出來往的人群。看著看著忽然「眼睛一亮」，居然看到了一個熟悉的高挑身影，手上還牽著一個小男孩。

我無法置信，以為我眼花了看錯了，世上真會有「這麼巧」的事？那人竟是又已多年未見的曉雲。

啊，她也看到我了，也是一臉無法置信的驚訝與欣喜交融的表情。

「他鄉遇故知」，多麼令人驚喜啊，感謝老天冥冥中的安排。這一次奇妙的相遇，比預定的約會還準時。我們邊看著孩子們坐搖搖車，邊又敞開心懷大談生活近況。她快樂的說著老公對她很好，兒子過完暑假就要讀小學一年級了，所以帶他來台北逛逛玩玩。曉雲當媽媽了，開口都是「媽媽經」，身上處處散發著「媽媽的味道」。

我很難想像她是如何帶孩子的？她急躁的個性一向看不慣小孩的頑皮、吵鬧甚至大哭，每次看到我幫鄰居帶小孩又是陪他們玩又是好言好語地哄著時，總說著要是她，實在沒耐性和他們閒磨，小孩一哭，她更受不了。

話雖如此，但天底下那有真的那種一種口令一個動作，永遠乖乖不哭鬧的小孩？曉雲一邊和我閒聊著，眼睛卻沒閒著，她隨時望著孩子的行蹤，沒讓他跑出自己的視線範圍，有的電動車比較高，她得過去扶他一把才能坐上去……。當了媽媽的她，愛心自然湧現，做母親的細心、耐心表露無遺。

我和孩子已來了好一段時間了，孩子玩夠了就想回家。臨走前我向曉雲要了電話好以後聯絡，有空到嘉義找大妹時也可順便拜訪她。那次「驚喜的巧遇」，真是一輩子永不忘懷的記憶。

數年後，當金門與嘉義可以飛機直航時，我們都好開心ㄛ，因為想到要看惠妹時可由金門直飛嘉義小住幾天，再坐火車北上，不用再每次坐火車南下後又北上再返金，或是到嘉義時我們可直接搭機回金門，啊！真是太方便了。

有一年暑假我們決定直飛嘉義後再北上。我在大妹處打了電話給曉雲，接電話的是她婆婆，卻告訴我得打另一個號碼才找得到她。我記下了「新號碼」，迫不急待地想與又數年未見的她聊聊。電話通了，接的人正是我熟悉的聲音，我們約好了在大妹家見面。

隔天下午，曉雲和她先生一起來到大妹家。曉雲沒多大改變，仍是高挑瘦瘦的身裁，但是，身旁的他，那壯碩的身材和臉孔顯然和結婚照中那「纖瘦的新郎」很不一樣……。

曉雲大方的向我們介紹了他。他安靜又耐性的坐在她身旁看著電視，看來是個老實敦厚的好好先生。打開話匣子，我與曉雲開心的聊著別後幾年的生活。

曉雲說她對生活其實別無所求，只求平安快樂的過日子。但是老天爺似乎特別喜歡和她過不去，幾年前她的老公在一次意外車禍中喪生了，丟下她和孩子，幸福的家一下子變殘缺。她一度也很沮喪，自怨自艾，怪自己是否命太硬？留不住身旁的伴侶？更跑去算命請求指點迷津，現在也改了名，改一個希望以後事事如意的好名字。

她說她已再婚，是公婆做的媒，公公婆婆觀念開通，認為自己的兒子既無緣與她長相廝守，她還年

輕，以後的日子還長，不忍她母子倆相依為命獨自生活，應該替她另覓幸福的歸宿，不該自私的留她一輩子。兩老同意孫子仍由她帶著去，將來他們往生後分遺產時，他們的這個孫子一樣可分得一份，她也可以常帶著孩子回去探望爺爺奶奶，大家仍是一家人……。

聽了這故事，令我感動又錯愕。我怎麼也料想不到才幾年而已，曉雲的人生又有這麼大的波折。難道女人真是以前老人家所說的：「菜籽命」，撒在那裡就在那裡，一切都是命，只有「認命」才能安於生活。但我又替她慶幸著，雖然命運擺弄她，但她有慈祥仁厚的公婆處處照顧她，為她設想，這開明又十分人性的做法讓雙方都有所歸屬，未嘗不也是功德一件。

曉雲說，她很珍惜每一天與先生、孩子在一起的日子，她不追求物質上的享受，她安於平凡平淡平安的生活……。是的！曉雲說的不錯，只有歷經苦痛的人才能體會「擁有的不易」與知足的幸福感覺。曉雲在生活的挫折與歷練中是愈來愈圓融成熟了。

我們每個人都祈求美好的愛情，幸福的歸宿。但在現代的社會裡，懂得知足惜福、惜情惜緣的人卻越來越少。婚姻中的怨偶們互相怨懟，惡言怒目相向，導致離婚率直線上升。我想，如果他們聽了曉雲這情感上的坎坷遭遇的故事，是否該多想想婚前時的濃情蜜意應延續到婚後的相互扶持與包容，共同努力維護家庭的和樂與完整。

每個人都有權利追求幸福快樂的人生，每個人也都有不同的遭遇和不同的命運。曉雲雖然遭遇挫折、傷痛，但她追尋幸福人生的勇氣是值得嘉許的。她笑著對我說，以後不能再叫她

「曉雲」囉，要叫她那改了筆劃的新名字、好名字。她希望她的又新又好的名字能伴隨她與現在的「伴」長長久久在一起。

是的，曉雲之前的一切不如意都已遠去，我相信從今以後她都會過著快樂的日子，與老公白頭偕老，幸福一生哩！

高手

這是好友佩璇與我聊談的生活故事，因為精彩又爆笑，在此與大家分享。

話說蔡爸是學校的體育老師，他的最愛是「打乒乓球」。所以囉，可想而知「球技」自是頂尖。

有一天，學校有一女老師向蔡爸說著想拜他為師「學打乒乓球」。蔡爸不忍拒絕同事一股熱誠學習的心，遂與之約定在放學後留校一小時「義務教學」。

回家後蔡爸把「收徒」的事一五一十地告訴蔡媽。蔡媽聽了後沒投「反對票」，但她問著：「那他是男的？還是女的？」「女的。」為人處世一向光明磊落的蔡爸據實以告。「那我也要學。」蔡媽不假思索地說著。

學校放學了，蔡媽準時來「乒乓球教室」報到，女老師也來了。蔡爸先教女老師基本步數，蔡媽一旁觀看，接著再換蔡媽上場練習。蔡爸就這樣每天花一小時輪流來教兩個「徒弟」。

蔡媽平日在家除了做做家事、看看電視外，無啥嗜好。這回學打乒乓球，覺得好玩有趣，學得興高采烈，越打越有勁。而那女老師學了幾天後，覺得「索然無味」，原本說好「一師一徒」的兩人世界忽然間變成「一師二徒」的三人行，她越打越沒趣，最後，意興闌珊的告訴蔡爸說了：「我不想打了。」自動退出乒乓球教室。

從此，蔡爸就更專心教導「親愛的老婆學徒」乒乓球技巧。老實說，蔡媽在「老公師父」的傳授下也很認真學習，打球的技巧日益精進。

但是，因為蔡媽身材較豐腴，不想打球時過度「左右跳躍」累壞自己，所以打球時通常是「手動身不動」。蔡爸對蔡媽「不動如山」的打球姿勢很頭痛，直說：「這樣的姿態太醜了，太醜了，這那像打球？」而可愛的蔡媽不管蔡爸如何叨唸，她說：「你管我動不動、跳不跳？我只要能把球接到、打回就好了。」蔡爸沒輒，老婆大人「歡喜就好」，何況又不是選手要「出國比賽」，也就不再挑剔。

喜愛打乒乓球的蔡爸夫婦加入了永和「福和橋」下的「老人乒乓球協會」。其實他倆都未達「老人年齡」，只因為是「同好」，所以協會讓他們「破格加入」，一起互相切磋、互較球技。

而蔡媽在滿頭銀髮的「老人國」裡年齡最小，他（她）們都把蔡媽當女兒看，非常寵愛她，不時也教她一些獨門撇步。因為愛上了打「乒乓球」，蔡媽原本平

淡無味的生活變得熱鬧、豐富了起來。

有一次，蔡爸夫婦雙雙參加乒乓球比賽。面對各方高手雲集，蔡爸深怕蔡媽會很快被淘汰，怕蔡媽沒入選進入決賽、怕蔡媽若被笑心中會難過，因此在會場頻頻聲明著：「我老婆是初學者啦，比賽只是志在參與，不在得獎。」

當競爭激烈又精彩的比賽結束時，令人噴飯且大爆冷門的是蔡媽居然勇奪女子組「第二名」，而身為體育老師的蔡爸竟然「名落孫山」。當沒得名的蔡爸「瞠目結舌」喜出望外地看著老婆捧著「獎杯」時，哈，只能喃喃說著：「名師出高徒、強將手下無弱兵、青出於藍更勝於藍啊。」

如今，蔡爸夫婦打乒乓球也有多年歷史了，他倆也有真正的「老人會員」資格了。而蔡媽那「穩如泰山」的打球特色依然不變，在老人乒乓球協會中除了一、兩個男生能贏得了她外，女生中她永遠是穩坐「冠軍寶座」。

聽了這故事，令我大笑、嘖嘖稱奇不已。蔡媽如今能有老人乒乓球協會的「天后」地位，應該「歸功」於那位女老師。如果沒有她想「拜師學藝」的念頭，如何能有蔡媽「學徒兼跟監」的出現。而女老師後來的自動消失，看來是「醉翁之意不在酒」。而蔡媽的「無心插柳」反而「激發潛能」，變成頂尖高手。

我想，如果當初蔡媽沒說「那我也要學」，哇咧，世事難意料，在生活中說不定有「柳暗花明又一村」的劇情發展，說不定蔡媽現還在家中無聊無趣的做家事、看著電視呢！

啊，小佩，那天蔡爸蔡媽若有過境金門要去廈門時，記得擠出時間來讓我一睹蔡爸蔡媽的風采啊。

牽手

好友小琳告訴我一個「牽手」的故事，因為這個故事改變了她的生活，改變了她整個的人生觀。

阿雲是小琳同住一樓的隔壁芳鄰，她是個刻苦耐勞、勤儉持家的婦女。為了提升家庭生活品質，婚後的她一直任勞任怨、做牛做馬的努力工作賺錢幫丈夫分擔家計。

阿雲為了家全力犧牲奉獻、打拼多年後，所累積的財富已足夠夫妻倆安享往後生活。但即使如此，阿雲仍不肯停下腳步，放下身上的「重擔」來好好歇息。勞動慣了的阿雲在職場上仍舊「繼續努力賺錢」給丈夫、子女過好日子。

終於有一天，積勞成疾的阿雲倒下了，一病不起的阿雲終於「蒙主寵召」上天堂去了！

正當小琳還在為阿雲無預警的離世婉惜、難過時，不到半年時間，小琳親眼看到她的好鄰居，阿雲的丈夫每天早晨都和他「新的女人手牽著手」一起去公園做運動，飯後一起去「甜蜜散步」。

看了這「十指緊扣」有說有笑、濃情蜜意的畫面後，當下令小琳瞠目結舌，霎時心中千迴百轉，忿怒、不滿的情緒「轟」地一聲衝往腦門。可憐阿雲屍骨未寒，不意丈夫卻已另擁新歡，甜甜蜜蜜地同進同出，「夫唱婦隨」過快樂悠閒的日子。

想想以前阿雲在世時，何曾見過他和阿雲「手牽著手一起散步」去？勤勞的阿雲為家庭無怨無悔的付出，到頭來應了「人在天堂，錢在銀行」這句話。

小琳忽地想起前不久曾看過一篇文章中所言，反覆看了數遍後覺得很有道理，值得女人們來警惕借鏡，那就是「我們一直賺錢、賺錢、存錢沒去花用，永遠在刻苦自己，那等於『沒賺到錢』，因為妳都沒享用到、捨不得用，到最後不是拿來做醫藥費就是老公、子女來幫妳花用。」為什麼我們女人都那麼傻？心中永遠只有老公、孩子而「沒有了自己」？

小琳回想自己從事專業紋眉三十多年，賺進了財富與樓房，但卻也賠了健康。紋眉長時間全神貫注彎

腰的姿勢讓她脊椎受傷以致引起雙腳酸、痲、痛，走路舉步維艱，嚴重時甚至於「無法站立」來好好煮一頓飯給家人吃。

進進出出時看了阿雲丈夫這「牽手」的畫面，她嚇到了！猛然驚覺幻想著如果她雙腳無法治癒而導致最後坐輪椅或永遠躺臥在床時，這多可怕啊！到時候親愛的丈夫會如何來看待她？會甘心一輩子面對著她、陪伴著她嗎？再而，就算老公耐不住而另結新歡，她也沒吵鬧的力氣與理由，因為，那也是她自己沒把自己照顧好啊，怪得了誰呢？

想到這，小琳越想越害怕，不由自主地打了個寒顫，她這是「為誰辛苦為誰忙？」當下她立誓著，她千萬不能步入阿雲後塵，她不要再過這種日子了，不要一直工作到「油盡燈枯」時才含恨罷手？

小琳把一向收入頗豐的紋眉店收了。她專心治療腳疾，做復健、針灸、用偏方，中醫、西醫雙管齊下，歷經三年多後才在偶然的機緣下治癒，恢復了雙腳快樂「行萬里路」的功能。

現在的小琳做著時間自由又可廣結善緣的直銷行業，她每天開著車子在外「遊山玩水」拜訪客戶，與人為善又美麗的她和客戶都成了有說有笑的好朋友（包括我啦）；她每月也固定帶團出遊，又認識很多不同行業的新朋友，每天日子過得快樂又充實。

「珍姐，我們女人固然是愛家、愛老公、愛孩子，但是我們也要懂得『善待自己』。家是夫妻兩個人共同擁有的，須要兩人共同來經營，老公對家庭有關注的責任，對孩子也得付出關心、關懷，我們女人何苦把內外重擔都一肩扛？再者，男人女人雖一樣是人，但很多思想、觀點還是『男女大不同』的。女人如老公往生，往往哭得肝腸寸斷，傷心痛苦一輩子，而男人如老婆往生，男人沒差，傷心只是一陣子，有的正可趁機『換新』。所以，我們要把『健康』顧好，不要讓老公有機會牽著另一個女人的手來一起共享我們苦心經營的成果啊。」小琳頗為感慨，語重心長的說著。

是的，曾看過這樣一句話：「健康」是最穩賺不賠的投資。普天下的女人們，無論妳已婚或未婚，我們活在這美麗的世界上都要好好善待自己，好好「珍愛自己」，好好牽著老公（或情人）的手來共度開心快樂的日子ㄛ。

陷阱

美容班好友，素有「氣質美女」之稱的小晏在大夥約好的「同學會」上分享了她的切身故事……

話說當我們從「北區職訓職」的美容美體班結業後，同學們分道揚鑣各奔前程。而平日精於「芳香療法」的小晏選擇了她一向喜好的美體課程繼續深造。

她繳了五萬元拜曾來教過我們「刮痧」的盧老師為師。盧老師是位中年婦女，眼睛大大的非常「有神」，體型豐腴，聲音極嗲（啊，男士聽了一定骨頭酥麻、茫素素），她「刮痧」的技術極好，講解也很詳細，尤其讓人印象深刻的是她那支「牛角刮痧板」，要價四千元，讓我們拿在手上觀看時都「小心翼翼」地捧著，深恐摔著了，破財四千。

小晏平日空閒時就「鑽研」美體，所以底子不錯。盧老師只要一提點，小晏就融會貫通。因而，沒幾天後，盧老師就放心的把上門的客戶交由她去「實際操作」，她則外出辦她的私事去了。

但是，盧老師的客戶幾乎「全是男士」。這讓她實習得很不自在。有些「吃重口味」的會說：「阿妳是沒吃飯ㄛ？怎麼一點感覺也沒有？」有些說：「妳這力道像蚊子在叮……。」當然也有好的客戶很欣賞她的手藝，對她給予肯定。

不久後，又新進了一位來拜師學藝的美容師。她是個離婚的年輕單親媽媽，有個孩子要養。盧老師三不五時還是出去趴趴走，接洽教學業務或去上課，把店丟給她們，讓她們各做各的客人。

時日一久，小晏心生不滿，越想越不對，她交了五萬元是來「挖寶學技術」的，怎麼變成是來替她「服務客戶」的工作人員？再而，她發現了一個秘密，那就是原來盧老師私底下對單親媽媽的美容師不斷「洗腦」，常鼓勵她「兼職」下海「輕鬆賺外快」。

那有「經濟壓力」的年輕美容師媽媽，經不起遊說，真的在工作之餘，在這店裡就出賣青春的肉體了。

這讓小晏十分震驚，難怪有些歐吉桑對她說話時總是神色詭異「語帶曖昧」，讓待字閨中小姑獨處的她很是反感。沒想到她一向敬重的盧老師竟然讓她一層一層地揭露了她那外在的面紗……。

小晏不能再待下去了。但她不甘心五萬元就此泡湯。她向盧老師要求「全額退費」。盧老師委婉的向她說，她也是迫於現實才兼做「皮條客」。她與老公早已分居，兒子不務正業游手好閒，媳婦丟下孫子離婚了，她也很辛苦，要養自己、養兒子、養孫子。末了對她說全額退費不可能，但可介紹她到別間美容館做正職工作，又要求她勿把「美體館」內之事說出……。

心灰意冷的小晏無論盧老師如何的「動之以情」，甚而威逼利誘都不肯妥協接受盧老師的安排，堅持「退費」。

而到口的肥肉，盧老師怎能輕易吐出？討價還價下盧老師只答應「退回一半」，還她兩萬五的金額。「人為刀俎，我為魚肉」，人在矮簷下不得不低頭的小晏只得悻悻然地拿回一半學費走人，嘀咕著浪費了她兩個多月的時間。

聽了小晏這親身經歷的故事，我們為之嘩然。原來形象美好的「刮痧、美體」老師也有不為人知的一面，也會屈就於現實的生活而做出「掛羊頭賣狗肉」的事，原來所謂的美容美體館內也會「暗藏春色」，原來有的客戶真是「醉翁之意不在酒」，原來美容美體師還有「另一個身份」……。

我們只能說，在台北這個光怪陸離、無奇不有、五彩繽紛的大都會裡，任何事都只能「見怪不怪」。在這滾滾紅塵、物慾橫流的社會裡處處充滿了「陷阱」，凡事我們要多一分思考，多一分觀察。在這忙碌的熙熙攘攘的人群裡，我們要「忠於自己」，選擇「做對的事」，切莫輕易地踏入或掉入那隱藏在身邊的一個個陷阱當中啊！

捷運見聞錄

模子

古人說：「不能偷生別人的孩子」，經過我這好奇歐巴桑多年來的印證觀察，果然是真的。話說這天在捷運站，當媽媽拉著女兒匆匆上車時，我瞄了一眼，天啊！女兒和媽媽長的真是一模一樣，從臉型、眉毛、眼睛、鼻子、嘴巴真的是一個模子「印」出來的。果然，誰和誰愛的結晶，真的是如假包換。喜歡劈腿的已婚男女，孩子千萬別「隨意製造」ㄛ。

條紋

在捷運站，人來人往，人潮不斷，英英美代子的我，總是悠閒地四處瀏覽穿梭不停的人群，我發現很多個子不高及身材微胖，甚至很胖的人，卻偏偏喜歡穿著橫條紋的上衣，在「服裝美學」來講，這都是錯誤的穿法，個子不高的人，再穿上「橫條紋」的衣服，在視覺效果上，只會顯的更矮。我真想告訴他們，穿橫條紋衣是小個子的「禁忌」。看來不懂得「穿衣美學」的人還是大有人在。

鞋子

我這好奇歐巴桑，只要一到外面，兩隻眼睛總是沒閒著，我喜歡隨時隨地觀察週遭的一切，尤其是「人」，更吸引著我莫大的興趣，我會一一掃瞄視線所及的每個人。有一次在捷運車廂內，坐在我對面的是位阿婆，我看了一眼，髮型、穿著都不怎麼樣，但是，她卻穿了一雙超漂亮的鞋子！雖然顯得很不搭，但是，由此看來，阿婆還是有她愛漂亮的一面哩。

美女

在捷運站內，如果你不趕時間的話，眼睛盡可吃冰淇淋，賞心悅目的帥哥、美女多的是。話說捷運車到站了，車門一開，自然又湧入一批乘客。我抬頭一看，發現有個氣質極佳的女孩就站在我斜對面。她長髮披肩，臉上脂粉未施，五官長得很清秀，穿著大方樸素，身材高挑，一雙美腿更是動人，真是一個未經人工加料雕琢的「自然美女」。我不免多看了幾眼，一直欣賞著她。心想，真是一個「麗質天生的漂亮寶貝」啊。

候車

一出捷運昆陽站，我到三總的接駁站候車，那時正是中午，太陽「曬很大」正毒的很哩，幾個候車的婦女都撐著洋傘對抗熱力正強的紫外線，愛美又怕曬黑的我當然也撐了一把傘，但我發現有一個婦女姐妹，她居然沒帶傘，我主動的走過去在她身邊坐下，和她一起撐著傘，她回過頭來一臉的笑容，很感謝的說「謝謝妳，謝謝妳。」我們很自然的聊了起來，她說她是第一次來搭接駁車，不知道這裡沒有候車亭沒有也可以遮陽的地方。原來如此，下次來就記得帶傘了。

阿婆

坐捷運經過芝山站時，一位阿婆上了車，就站在我面前，我起身讓座，阿婆十分感激，下一站時坐在阿婆隔壁位置的人下車了，阿婆趕快招手叫我來坐下。我們倆就聊了起來，阿婆打扮優雅，氣質不錯，我問她「芳齡」，她說她八十四歲了，我問：「妳怎麼自己一人搭捷運？」她說，本來兒子也很不放心，但她自認身體還很硬朗，就不用勞煩兒子來回接送，搭捷運安全又方便，兒子也就放心了。阿婆跟我聊了很多，我倆談得十分開心。下車的時候，阿婆不斷的對我微笑揮手說拜拜。看著八十四高齡了的阿婆還能如此自由行走，健康快樂的生活著，真令我羨慕。阿婆給我留下很深刻的印象哩。

形象

這天是個假日，在捷運旁的廣場上，一大票的女學生聚在一起準備去郊遊吧，她們還在等候未到的同學。女生們有的喝飲料，有的吃零食，有的追逐嘻笑，但其中有兩個女生卻是大喇喇的蹲坐在花台邊，手上各拿著一支菸就抽起來了，邊談笑邊吐菸圈。看著她們可愛又青春的臉孔，抽菸的姿態卻那麼老練，我在心裡替她們惋惜著，清純女學生的形象，因著一支支的菸霎那間全毀。

掩鼻

有次在人擠人的捷運車廂內，忽然一股奇臭無比的味道陣陣傳來。天啊，在這擁擠的空間內，大家都「無處可逃」，而「排氣」的人當然也不可能「出面自首」向大家道歉。霎時，只見大家面面相覷，繼而是有的皺眉，有的一直想擠到別的車箱去，更多的是紛紛摀住口鼻抵抗這入侵的「污染空氣」。而原本出門有戴口罩習慣的人，此刻應在暗地裡「偷笑」吧。

飄香

在捷運車廂內「排氣」固然是很讓人受不了，但在車廂內的另一種氣味一樣讓人很受不了，那就是「香味」。有擦香水習慣的女人，老實說，有時候那濃烈的香味很嗆鼻，此時免不了引來大家一陣側目。而另一種讓人感到愉悅幸福的香味，就是那「食物的香味」。有人買美味的炸雞、剛出爐熱騰騰的麵包帶上車，傳來的陣陣香氣，讓人聞香之餘，哇咧，好想一出站就衝去買哩。

我家二姊

二姊芳齡二十有八了，猶小姑獨處。雖然現不時興早婚，但是，一個女人最好的歸宿終究是結婚生子，擁有屬於自己的家庭。

哎，瞧瞧我老媽可是成天操心煩惱不已，幾乎每逢親朋好友來訪都要請她們幫忙物色理想對象。老媽是急如「熱鍋上的螞蟻」，就只差一點點要用擴音器「昭告天下好男人」，趕緊敲鑼打鼓來迎娶我家好女兒。但我二姊卻總一付若無其事，蠻不在乎的模樣，真是「皇帝不急，急死太監」。

其實，二姊心中急不急，我不知道。但一向熱心腸的我，免不了偶爾也湊一腳對她說：「二姊啊，趕快找個差不多的對象嫁了算了，不要再東挑西揀，嫌這嫌那的啦，當心石頭是越撿越小，最後挑了個賣龍眼的喲。」她瞪我一眼，笑罵道：「怎麼？嫌我礙著妳了？」哎，說這啥話？雙十年華的我，青春正旺前途正看好，豈會來個「愛的煩惱」？接著她又道：「小鬼，妳又懂些什麼？婚姻是大事，豈可兒戲？能夠隨便抓一個來嫁嗎？我寧可婚前睜大眼，也不願婚後鬧離婚⋯⋯。」她這一答，我也只能頷首稱是。

哎，說到咱家二姊，論容貌，雖稱不上沉魚落雁美若天仙，但她那耐看型的大眾臉倒也五官端正。她就常對我自嘲的說：「小鬼，看看我這方形臉，我才是真正的金門正妹哩……。」我每次都投降的回她：「是地，妳長得真的『有夠正』的啦，金門正妹非妳莫屬。」當然，無可諱言的，現這時代都講究美麗和酷帥的外表，包括小鬼我也是外貌協會的會員，常常以貌相人。因是之故，她總會語重心長的對我說：「小鬼，請注重一下『內在美』行嗎？內在恆久遠，婚姻永留長。」我雖愛玩，但當然亦知內在的重要，只是，眼前的我，距婚嫁之事甚遙，誰還理會那麼多ㄟ。

同在一屋簷下生活、成長，我對二姊可說是瞭若指掌。在這裡，我並非自我吹噓推銷我家二姊，而是事實上我二姊真的是個挺不錯的「優質人妻」之人選。那麼，有多優呢？就請讀者給點時間，容我一一道來吧。

現在的社會都追求「身材高、學歷高、收入高」，如果擁有這三高，在交友圈上是如魚得水，身價馬上暴漲。但我家二姊有點苦命，命苦的她這三高她「通通沒有」。不過，即便是二姊個子不高，但其身材比率極佳，常讓人有種「她很高」的錯覺；而論起學歷，她是我們家書讀得最少卻學識頂尖的異類；再談收入，因為沒學歷，自然也非高薪階級，只是個小小的「櫃姐」服務台人員罷了。

雖然，她沒擁有傲視群倫的三高條件，但正因為如此，卻激發了她那不服輸的個性，渾身充滿戰鬥力、樂觀進取的她並不因此而自暴自棄、自卑自怨，求知慾旺盛的她隨時隨地積極的督促自己不斷充電，閒暇時，書報雜誌她就一份份、一頁頁仔仔細細的閱讀，碰到比較深奧的字就隨即記下，查看辭彙，直到瞭解其意義為止。

以我多年來對二姊的觀察，她是那種樂於學習新事物及自我要求極高的人。在學識與知識上要她一直處於一個原點的原地踏步，那簡直要她的命。所以，在小學時就要大哥教她跳棋、象棋、圍棋、五子棋；要大哥教她攝影拍照；也和大哥一樣沉迷在武俠小說的世界裡，三不五時的她總要學個新事物來滿足自己。

俗話說：「樣樣精通，樣樣稀鬆」一點也沒錯，我家精力旺盛的二姊好像啥事都非得插上一手不可。早早幾年前的什麼夜間縫紉班、中文打字班她都去報

名參加，也努力認真的學習一番。天知道結業後，我看她縫紉技巧普通，一點也不超羣，中文打字速度尚可，並非快手。之後還有壓花班、彩繪班、電腦班、國畫班、美容班、美體班、編織班、鉤編班、手染班……一些有的沒的的班，只要能報得上名，她都準時殺過去體驗一番。我常笑她說：「二姊，妳太濫情了，愛得太多了，都無法專情的發揮其中的一項長才。」她說；「人生就是要多方面體驗，生活才有樂趣啊。」

除此之外，還有件滿爆笑的事值得我八卦一下。那就是很久很久以前，有次空手道招生，平日最厭惡運動，連散步都懶的她居然「突發奇想」，興沖沖的約了她的好友秀美姐跑去報名。這真令我「驚嚇」到，也不看看她那「仙風道骨」的身裁，颱風來時，她的一票男同事都戲謔她說：「下班回家時得抱塊石頭啊，才不會被風吹跑了ㄚ。」學空手道？是否腦筋秀逗，她那經得起一摔？結果，她倆到場一看，報名的清一色是男生，主辦者也說「拒收女性」，她倆才悻悻然就此作罷。

看到這兒，讀者會認為她肯定是個陽剛味極重的女生。其實錯了，二姊的個性與耐性是出奇的優，在我們七個兄弟姐妹中算是「排名第二」。因為二姊脾氣真的好好，很有「孩子量」。不論小孩怎吵鬧，她總有辦法哄他們、逗他們，陪他們摺紙船、玩遊戲、說故事，她這大姊姊還真深得附近孩童的喜愛，有時我們家都快成了「托兒所」。而在我家小弟尚未出生前，她更愛跑到離家不遠處的舅舅家，幫舅媽照顧小表弟、妹們。小弟出生後，二姊理所當然的成了老媽的「育兒好幫手」。這讓最不耐煩小孩吵鬧、纏人的我只有打躬作揖甘拜下風。我覺得，當初二姊如果多讀幾年書，應該會選擇當幼教老師吧。

還有，談到耐性，這就牽涉到內在的修養功夫了。。話說當年眾多追求者中有一醫官，每天電話不斷外加每日一信，緊迫盯人苦苦追求。據老媽說，除了個子稍嫌不高外，論人品、相貌、學識都令老媽極為滿意，無奈二姊和他就是不來電，到最後這「剃頭擔子一頭熱」的事也就因著當事人的退伍返台而謝謝收看。事隔數年，二姊不怎麼樣，倒是老媽對此人十分念念不忘，沒事時就把這檔子事舊事重播一遍，說什麼眼睛貼印花，白白放走一個好對象啦……。

當然，這與我毫不相干，但我卻飽受池魚之殃，聽了幾遍的我都耳熟能詳了，每次講來講去，這一千零一遍的台詞都一樣，真虧她修練的內功深厚，承受得住這「疲勞轟炸」。換若是我，聽多了怕早就跳腳逃出大門。她聽了N遍，也不吭聲，等老媽播報完畢，她安撫老媽說：「強扭的瓜不甜，感情的事是不能勉強的，媽怎麼還老愛提起呢？」啊，光就這一點就知道她修養功夫真的是「有練到家」。

二姊上班的工作十分輕鬆，除了接接電話、拿筆登記外，簡直沒多少事做。所幸她興趣廣泛，又善於利用時間，總把日子過得充實而愜意，不致於讓空虛、寂寞來佇足……。

二姊喜歡剪貼，她們單位訂的六份報紙沒有一份能僥倖逃出她的利剪，每張報紙都被她縱橫交錯的剪得坑坑洞洞，慘不忍睹。而且，她剪的種類極多，散文、室內佈置、插花、笑話、家庭小常識、刊頭設計、髮型、服裝……唉，什麼亂七八糟的一大堆，真虧她有那個興緻，一一分門別類貼好，再裝訂成冊。我糗她說：「妳又何必剪呢？乾脆整張副刊保存著不更省事？」

二姊更愛攝影，她喜歡拍照也喜歡被拍。乖乖，單看她自己的相簿就有八大本之多。憑良心說，看她人倒滿親切活潑，可她上鏡頭就不怎麼樣，總是怪怪的不夠自然，徒然浪費底片而已。但她偏偏就是喜歡沒事時照上一捲，然後再一張張修剪、設計。如果妳參觀她的相簿，當可發現每頁的造型、趣味各有不同，就可知她是花了多少時間、心思在上面哩。不像我，就是一張張往透明膠頁放就算了，這真是「廣東眼鏡隨人戴，青菜豆腐隨人愛」各人喜好不同。

二姊從小就愛畫畫塗鴉，尤其最擅長畫娃娃，不論古裝、時裝、武打的都畫得生動非凡，加上她想像力豐富，賦予娃娃各式各樣不同的表情、髮型、服裝、配飾及變化萬千的姿態後再著上顏色，有時還配上對話。看她的畫冊像看漫畫又像在欣賞服裝大展，實在饒富趣味。當然，羅馬不是一天造成的，她可是下了一番功夫學習的。

二姊有項「絕佳美德」，就是—節儉。她不買保養品、不逛街、不吃零食；在衣著方面不趕時髦，盲目追逐流行；頭髮也不燙，洗頭自己洗；美容院、服裝店、食品店、餐飲店想賺她的錢，門都沒有。我倒覺得，像她這樣如「苦行僧」似的節儉刻苦自己，真是太不懂得享受人生了。

二姊雖然是「職業婦女」，卻一點也不精明幹練，相反的還有點小迷糊。有時和她上街購物，好幾次都是買了東西付了帳，她就兩手空空走出來。有一次才鮮，她自己爆料她去郵局存款，把單子、本子交給承辦員後，就站著傻等，直到承辦員問：「錢呢？」「什麼錢？」二姊一臉莫名奇妙，弄得對方以為自己眼花了，再仔細的瞧瞧單子後問：「妳是要存款嗎？」「是啊！」「那妳的錢呢？」哎，一言驚醒夢中人，咱們家的這位二小姐才趕緊從包包掏出錢來雙手奉上。唉，差點把她四周的人都笑歪嘴咧。她有時就是這樣「心不在焉、寶里寶氣」的，真受不了她。

哎，綜合來說，咱們家二姊什麼都好，但還是有一點我最看不慣。那就是她是個慢郎中，做事總「慢條斯理」不急不慌的慢一拍，常讓我這「急驚風」在旁猛搖頭。但她說話速度卻可快半拍，別瞧她一付營養不良非常瘦弱的樣子，她的肺活量還真大，不鳴則已，一鳴驚人，方圓數百里都聽得見。老媽就常說了：「女孩子說話要輕聲細語，妳這打雷似的大噪門會把男孩給嚇跑的啊⋯⋯。」的確，這點有待改進，否則，將來若與另一半意見不合吵嘴，那真是標準的「河東獅吼」。

二姊算是「宅女」一個。除了和秀美姐偶爾去看看電影外，她都「宅在家裡」，所以，她對運動「最感冒」了，妳若想找她爬山、打打羽毛球、乒乓球、散步、慢跑、騎腳踏車⋯⋯，通通免談，像抽她一根筋似的，簡直要她的命。她寧願在家看電視、看書、聽音樂；雨天裡看屋簷下滴落的一串串水珠發呆，聽淅瀝淅瀝地雨聲，也不願去「活動四肢」。

除了「懶得動」之外，細數二姊的愛好其實也不少，她愛下跳棋、五子棋，常和我大戰；愛收集精緻的小卡、圖片、書籤、小擺飾品；愛鉤花瓶墊、枕頭、甚至於大件的床罩；愛聽老媽說那些「古早以前的古老故事」⋯⋯，總之，她的愛好拉拉雜雜的一大堆，在排遣時間、娛樂身心方面，確實也很富足。

二姊是我們家的好榜樣，她每月的薪水全數歸公交給老媽來打理家計，幫忙改善經濟，這是親戚朋友眾所皆知不容否認的事，大舅舅就常誇她乖巧又孝順呢。我也常想，像她這麼個人緣極佳，溫柔體貼又善解人意的女孩，怎麼紅鸞星遲遲未動呢？也許，她常說的「機緣未到」、「有緣千里來相會，無緣面對不相識」是最好的註解了。

爽朗風趣，個性極好的二姐，其實追求者多如過江之鯽，每天信件如雪片飛來，至今都積滿一大箱了。雖然如此，有道是：「相識滿天下，知心有幾人？」也許，是她對愛情的定義詮釋得太高，真正能令她願意託付終身，走

進禮堂的還是沒有。

我與二姊的年齡雖相差八歲，雖然有著截然不同的個性，但姐妹情深的天性讓二姊有什麼心事總向我傾訴分享。我覺得，二姊的感情世界太偏向於夢幻型，時時憧憬著美與夢，尋覓著愛與理想，一點都不講求實際。在現實生活中，人，難免都會有優缺點，像她如此唯美主義者，唉，尋尋覓覓磋跎年華，三十歲很快會愛上她的。

如今，二姊對「愛情」仍有一份執著，但是，我希望她能把握住「有花堪折直須折，莫待無花空折技」，我希望她不要再蹉跎青春，畢竟，女人的青春是很短暫的。啊，拜託「月下老人」不要再打磕睡了啦，趕緊勤翻姻緣簿，早日替我家二姊「綁紅線」促良緣。

好了，哈拉到這兒，該說的都說了，不該說的也說了，似乎該結束了。啊，阿彌陀佛，善哉善哉，希望她太忙，不會一眼瞄到這篇小文，否則，一定嗔怪我「目無尊長」，竟敢如此膽大妄為，什麼不好寫，偏拿她出來「亮相」示眾，掀她底牌，那我可吃不了兜著走喲……。

給姑親一個

添弟的寶貝兒子軒宇，上個月十日滿兩足歲了。

哎，不是我在臭屁，他長得實在是有夠清秀、活潑、可愛。每次一抱出去，旁人都「為之側目」，都忍不住再多看兩眼後和同伴喁喁私語：「嗨，妳看那小孩多漂亮，多可愛啊。」由此可見，不是我在自吹自擂。他，真的就有這麼吸引人的「超強魅力」，連奶媽都呵呵笑著說：「他的眼睛好會放電呢！」

前年七月份，他才剛剛呱呱墜地來到這多彩多姿的世界，四千二百多公克的體重，哇咧，真是一個小壯丁。難怪老媽說她在產房外還直擔心，頻頻問醫生，小媳婦是否需要「剖腹產」？所幸，弟妹很爭氣的自然生產，母子平安，老媽心中的大石才落下來。

弟妹出院回家後，因我正巧到台借住添弟家，因此得以有機會天天看著他。老實說，新生兒的他，一點都不好看，給我的感覺就是一個「胖」字，小手小腳圓滾滾好像雞腿似的，小臉蛋也肉肉的，皮膚還有點黑，每天就是睡覺，有時醒來睜開眼睛，哇哇叫幾聲，再不然就是喝喝牛奶，換換尿布。哎，剛出生的小嬰兒一點都不好玩。

隔年暑假，我又偕孩子到台，尚未在台買房的我，當然又是住添弟家。小寶貝軒宇已滿一足歲了。這一年中，我不時也能看到添弟寄來他成長的照片，會爬會坐會笑會玩玩具會撒嬌……。不過，照片終歸是照片，只是一種靜態的畫面而已，怎比得上真的動態的人呢？

猶記那天我一進門，一個吸著奶嘴清秀可愛的小小男孩就站在我眼前。好奇的他聽到門鈴「叮咚、叮咚」時知道有人來了，跑來一看發現我是個「陌生人」，趕緊害羞的跑到老媽的懷抱裡，眼睛卻骨碌骨碌的偷瞄著我和孩子們……。

我臉上堆滿和善的笑容向他招著手說：「軒宇，過來，給姑姑看看。」他完全不理睬我，老媽在一旁打圓場說：「別急，慢慢來，他現在怕生，待會兒等他看『熟』了後就會和妳們玩了。」果然，沒多久他就撤除了對我們的「戒心」，開始顯露他活蹦亂跳的模樣。

我仔細的看著他，完全找不到他新生兒時期的樣子。現在的他，皮膚白皙，大眼睛，秀氣的鼻子，配上完美的嘴型，哇咧，真是小帥哥一個，而且，本人比照片上還更漂亮、可愛十分。

他才滿週歲，話還不太會講。但是我們所說的話他都聽得懂。偶而他會叫幾句「阿公、阿嬤、爸爸、媽媽」。又因他給樓下的奶媽帶，所以我們也只有在他六點半回家時和星期假日才看得到他可愛的身影。

常聽老媽在電話聊談中提到他的寶貝孫子十個月大時就已「走路」走得很好了，半信半疑的我心想：那有那麼快就會走路的小孩？娜妹那大他兩個月的琦琦也才剛剛在學「走」而已，老媽是否誇大其事，言過其實了？所以，他的「走路」就成了我急欲求證的目標。

果然，就在我們坐下沒幾分鐘後，小軒宇就「搖搖擺擺」的跑了過來，一切如老媽所言，他最喜歡「滿屋子跑」，一會兒跑來客廳，一會兒又「衝」進臥室，一會兒又跑進客房，就這樣十分忙碌地跑進跑出的一分鐘也靜不下來，彷彿這就是他最喜歡的遊戲似的。

我瞧在眼裡，看的心驚膽跳，他那像「走」路？簡直就是在「跑」路，走的速度很快，跌跌撞撞用衝的，有時跑太快步子不穩，常常一屁股跌坐在地板上，包著尿布的他一下子又爬起來繼續「跑」，小臉蛋還笑嘻嘻的樂在其中。

天啊，真是受不了，好想大叫：「小傢伙，拜託你停下來坐個幾分鐘，別再這樣一直衝一直跑，你不累，姑姑我都看得好累啊。」後來，看慣了他這種特技表演似的「跑路遊戲」後也就好了，看他小手小腳一搖一擺的像隻小企鵝在飛奔追逐，真的好可愛有趣ㄛ。他，就是這麼一個精力旺盛的小子。

今年暑假，我照慣例又來台了，一進添弟家，我想著：那個愛跑路一刻也不得閒的小娃兒，不知又會帶給我什麼驚奇的大發現？他，軒宇小寶貝，正站在客廳那兒，這回也不怕生了，直盯著我們瞧還微微笑著。啊，一年不見，他長高了，小臉蛋上少了幾分去年那小小男孩稚氣的味道而多了幾分機靈懂事的小男孩模樣。

因未在台購屋，所以暑假偕孩子來台時都大哥家、弘弟、添弟家輪流住，甚而是跑到嘉義的惠妹家，雖然是有點「打擾」了他們的平日生活，但趁此相聚機會重溫兄弟姐妹之間的感情，亦讓孩子們能「互相認識」，未嘗不也是件不錯的事。

在添弟家住了幾天後，小女兒開始嚷嚷著要去二舅家住，那裡有與她同年的莉婷表妹和兩個「龍鳳胎」的敬中表弟、莉君表妹，她要去陪他們玩，何況，樓下又有吸引人的「樂華夜市」可逛。但今年夏天，天氣實在熱透，台北的氣溫又一直居高不下，一連幾好天的三十八度多是常事。每當我說「要搬家」時，老媽總來勸阻著說：「天氣那麼熱，妳帶孩子跑來跑去的多麻煩？這次就一直住阿添這兒，不准再搬來搬去的像貓在移巢似的……。」

我親愛的老媽下命令了，一來要我們多陪陪她，二來要讓住不慣台灣，成天想回金的老爸回金門休假幾天，難怪老爸見到我如見到「救星」，三來也好幫忙她照顧時間到接回家來的寶貝孫子。

就拿添弟下班來說吧，只要他一進門，他的這個寶貝兒子就十分高興的直叫著：「爸爸！爸爸！」童稚的聲音，非常悅耳動聽，好惹人喜愛。然後就趕快拿著拖鞋給他穿，後再跑進臥室拿著「T恤和短褲」給他換上，這變成是他為辛苦工作上班一整天的爸爸所最樂意效勞的一件事。當然，小

弟也總是很高興的一邊接過來一邊說：「謝謝小軒宇。」小小年紀就如此乖巧孝順，看在眼底，真叫人歡喜。

更好笑的是有一次我隨便挑了一雙有點「爛」的家中拖鞋來穿，走著走著，發現小傢伙居然緊跟在我後面，手一直指著拖鞋，很想把它拿來的樣子，不解的我一臉莫名奇妙，怎麼？這雙拖鞋有問題嗎？是不是要我換一雙「好的」？

老媽見了笑著說：「唉呀，妳穿到他爸爸的拖鞋啦，那雙那麼爛了，叫他丟了他又捨不得丟，妳快換下來吧。」喔，原來如此，我侵犯到「爸爸的拖鞋」了，雖然那雙拖鞋舊舊的又有點破，可是，爸爸的拖鞋是不可以隨便給任何人「搶」去穿的呀。當下我趕快換穿別雙，因為不想小寶貝一直追著我跑。

小寶貝軒宇很愛聽歌，秀容媽媽替他買了台壓克力外殼的手提伴唱機，按鍵、音箱五顏六色的十分漂亮，還有一支小麥克風。他會自己裝錄音帶，自己按鈕自己調音。他聽歌聽得很用心，這一面通通唱完了，他就換另一面來聽，動作自然熟練，完全不需妳去幫忙。

只是，有時我們覺得音量太大了一點，趁他不注意時就偷偷的去轉「小聲一點」，但萬一被他察覺了，他又轉回原來的音量，我們又找機會轉小，他又轉回。哇，歌聲都快變噪音了。好在他個性不錯，不會翻臉的哇哇大叫哭鬧，但對於這忽大忽小的音量，唉唉，最後投降的總是我和小弟。

小寶貝軒宇很不耐煩坐車外出，假日時小弟總開車帶我們出外走走。他被媽媽抱著，總覺得沒有足夠的空間讓他玩，車子開了沒幾分鐘，他就說著：「回家家，回家家。」弟妹也總耐性的哄著他，不斷的向他介紹車窗外的景物，一會兒說：「你看，前面有大車車來了。」一會兒說：「你看，那是綠燈，那是紅燈……。」雖然如此，他還是興趣缺缺，只有在聽「娃娃國娃娃兵」這首歌時才稍稍安撫他想回家去的念頭。

所以啦，只要紅燈亮了，小弟就趕快倒帶重放這首歌，在他小小的心中，家才是他的安樂窩，才是他最自由自在可以盡情玩耍的地方，外面的世界怎比得上在家好呢？「回家家，回家家。」他才不喜歡坐車呢！

說到坐車，雖然他很排斥，但另一種「坐車」，他興趣可大了。在家中他擁有兩台「車」，一台是三輪的腳踏車，另一台是有造型有電話的塑膠大象車。他喜歡開車，更愛「飆」車，不管是坐那一台，車子都開得嚇嚇叫，好在他家也夠大，三十幾坪的房子，隨他客廳、餐廳、臥室、客房及書房到處鑽進鑽出的通行無阻。他開車技術一級棒，速度快又穩，前進、後退、轉彎、煞車，動作乾淨俐落。有一次美亮大姐來訪，親眼目睹了他那高超的開車絕技，看他倒車倒得有板有眼的，當場笑得要命。不過，有時候他轉彎轉得太快，偶而一兩次也會「翻」車，他也不以為意，爬起來照開不誤。

碰到他的開車時間，我們都得各自小心「閃一邊去」，以免被他撞到。這次來台，有小女兒與他作伴，兩人各開一台車，兩部車滿屋子跑著、追逐著，他們玩得開心，我們看得擔心，這「車聲隆隆、地動天搖」的景象，萬一樓下住戶來「按門鈴」，可就很尷尬，因此每過一小段時間都對他們喊卡，總好言相勸：「喂喂，該休息了ㄛ！」

軒宇小寶貝，只要他「在家」，接電話也是他的「最愛」。當電話「鈴鈴鈴」響起時，他會馬上跑來，跳上沙發，拿起放在高處的電話：「喂！」一付極認真聽的樣子。有一次，老媽剛好走進客廳，他把電話遞給她說：「阿嬤，電話……。」老媽心中想著：「也沒聽到鈴聲，那有電話？」本想隨手把它「掛了」，又想：應付他一下好了，也就煞有其事的說：「喂！」不想電話那頭傳來聲音說要找秀容……。哇咧！嚇了老媽一大跳，原來電話是來真的，看來金孫的話還不可不信呢。

小傢伙軒宇，小嘴特甜，每次見到我和小女兒時就「姑姑、姐姐」的猛打招呼。每天早上他一覺醒來，自己翻身下床（小弟夫婦都上班去），走出房門後就固定來「巡房」，看看阿公、阿嬤、姑姑、姐姐是否都「在」家？

老爸回金門了，他看不到阿公，嘴上還直叨唸著：「阿公沒有？阿公沒有？」老媽對他說：「阿公在金門。」他瞭解了後就改口說：「阿公在金門。」老媽說他很怕孤單，一覺醒來若發現沒人在家時，會怕得哇哇大哭哩。

還有，每次外出時他都由小弟抱著，弟妹秀容說：「他喜歡給爸爸抱，覺得比較有安全感。」騎機車時，他也不敢站前面，都坐中間給媽媽抱。他也不隨便給陌生人抱，秀容說她同事見他可愛，想抱抱他，他理也不理，真是很不給面子。可見，他很有「危機意識」呢。

小寶貝軒宇很愛乾淨，每天早上起床，會乖乖的讓老媽或我替他換尿布，洗臉、擦擦小手後再帶去樓下奶媽家。而每當他在家時，只要一看到地上有髒東西或小紙屑時，就會指著說「髒髒、髒髒」，然後跑進廚房的走廊拿著掃帚和畚斗要阿嬤「掃掃、掃掃」；看到他的奶嘴掉在地上，他會撿起來拿給我，手指著洗手間對我說：「姑姑、洗洗」；看到桌上、小茶几上有滴到湯汁、水滴什麼的，馬上由面紙盒內抽出一張張面紙擦擦抹抹的然後丟掉。難怪他家的面紙用得兇，因為他總是動不動就隨手抽一張擦這裡、抹那裡。秀容看了總搖搖頭說：「哎，寶貝兒子啊，真受不了你⋯⋯。」

住進他家後，我和小女兒成了他的「新歡」。尤其是小女兒更是他的最佳玩伴，成天形影不離的跟著她，他們一起玩耍，一起開車一起鬧。他精力旺盛，一玩鬧起來越玩越開心，越玩越起勁，有時候小女兒覺得受不了了，想休息一下，又怕他不放過她繼續跟著，這時，就常常使出「尿遁」法，對他說：「姐姐要去尿尿ㄛ。」然後躲進廁所去，趁他不注意時再偷偷跑回客房。懂事的他，看到廁所的門關了，就放妳一馬，不再纏著妳了，自己乖乖去玩耍，嘴裡還直唸著「姐姐尿尿ㄛ。」唉，如此欺騙小娃兒，真是於心不忍。

小弟家很重視飯後的「水果時間」，每次晚餐後，秀容固定要切兩盤不同的水果放在茶几上大家一起吃。小軒宇這時又有工作了，他很「雞婆」，總會一個一個的瞧，看看誰沒有在「吃水果」？他馬上用牙籤叉著水果送來給妳吃，不吃還不行，他的好意妳不能「拒絕」。

所以，「水果時間」他最忙，一直在分送水果，強迫中獎。有時我尚在吃飯，他一下子叉一塊木瓜來給我，一下子又送一塊芒果給我，我得一邊趕吃飯一邊吃水果，吃了他送來的水果，他好開心喲！

還有，我很佩服小傢伙的模仿力超強，觀察入微。有一次小女兒趴在床上看故事書，雙手托腮，雙腳往上翹。他竟然也在一旁趴著，一樣有一本故事書在看（雖然看不懂字，但看得懂圖畫意思。）一樣有模有樣的雙手托腮，只是小女兒雙腳翹起來相互交叉的姿勢不容易學。我在旁冷眼旁觀，只見他很用心的一直轉頭看，一直調整他的姿勢、角度，非得和姐姐的動作一模一樣不可，差一點點都不行，好不容易邊看邊調，總算調到完全相同

的翹腳姿勢了，他才安心的看書。看他專注模仿的逗趣畫面，真讓在另一處悄悄旁觀的我笑得花枝亂顫的。

但是，更爆笑的是當小女兒看書看到開心處時，不時來個哈哈大笑幾聲，他也不甘示弱，一樣「很努力」的跟著擠出了「哈哈哈」的笑聲。哇咧，聽他那笑得好用力，笑得好假的笑聲，做姑姑的我真是服了他了。

每天早上，他都睡到九點半或十點才起床，起床後我們捨不得馬上把他送去奶媽家，總要陪著他玩上一小時後再送他去另一個家。他好有禮貌哩，每次出門前都會和老媽說：「阿嬤，拜拜！」（以前是老媽帶他去奶媽家，現在換我和小女兒。）下午六點半時，我們去接他回家，他一聽到門鈴「叮咚叮咚」時就趕緊跑來門口等奶媽來開門，他知道他可以「回家」了。隔著一扇門，他早已「姑姑，姐姐」的叫個不停了。出門時，總不忘和奶媽說「媽媽，拜拜！」

有天晚上，大家邊看電視邊聊天，說到長相問題，老媽拿出了小弟小時候的相片和小軒宇的相片比對一番後居然說：「嗯，我倒覺得阿添小時候比軒宇更漂亮、可愛呢。」哇咧，「孩子是自家的好」果然一點都沒錯。其實，小弟也是我從小看到大的，小寶貝那「斯文秀氣」的五官和小弟是同一個模子印出來的，會差到那裡？親愛的老媽那「略勝一籌」之說詞，真讓我直偷笑哩。

俗話說：「有子萬事足」，看著小弟陪他玩，哄著他，抱著他，幸福快樂的神情溢於言表。原本甜蜜的兩人世界中多加了個寶貝小搗蛋，雖然生活變得勞累忙碌些，卻也趣味盎然，歡樂無限。

小弟說，有一次，他太皮了，他們就故意不理睬他，偏偏阿公阿嬤又回金門了，他找不到援手，自覺無趣，就拎了自己的小包包（內有尿片、奶瓶、小外套和他愛吃的餅乾）走到門邊，說著要去找「樓下媽媽」。他們覺得好氣又好笑，才又去哄著他……。哇咧，別看他年紀那麼小，原來小娃兒也是有個性的ㄟ。

和小寶貝相處多日，我們都非常喜歡他、疼愛他。有一天，我心血來潮，想著：小寶貝，姑姑這麼疼你，你該表示一下回應吧。就招手對他說：「軒宇，來！給姑姑親一個……。」他走了過來，我很高興的把他抱起來，把臉頰湊過去，等待著他的小嘴來親我一下……。誰知怎麼了？你絕對想不到他是如何來「親」我的？他用他的小手輕輕地在我臉頰上「按」了一下。

霎那間，我怔住了，這就是他送給我的「親一個」嗎？隨即，非常疑惑不解的我笑了起來，所有的小孩都應該知道怎麼親的，不是嗎？難道是他會錯了意了？我對小女兒說：「妳知道軒宇是怎麼親人嗎？他是用手在妳臉上按一下的。」小女兒瞪大了眼，一付無法置信的樣子。

我們當場做實驗，我又對他說：「軒宇，來，給姑姑和姐姐親一個。」他還是一人按一下臉頰。小女兒相信了，哈哈大笑，直說好可愛好新奇的方式啊。平常我們見他可愛，有時要親親他，他東躲西閃的絕不讓妳親，所以，我們都是趁他早上睡覺未醒時猛親一把的。

有一回，他很專注的在玩玩具，大女兒趁機快速的親了他幾下，然後得意的說：「哈哈，親到了吧，被姐姐親到了吧。」

這樣親的方式讓我很驚訝，弟妹下班時我問她：「你們沒教過他怎麼親嗎？」「有啊！但他都不會，每次小嘴湊過來就咬妳一口，又痛又弄得滿臉是口水，後來我們就不教了……。」喔，原來如此，難怪他不會，就用按一下表示親到了……。

天下無不散的筵席，該是回金的時候了。那晚，小弟送我們到南港大哥處候機，臨走時在電梯內的小軒宇還一直急著向我們招手叫著：「姑姑回來，姐姐回來。」為什麼我們這次沒有和他一起坐電梯了呢？只見小弟和老媽一直對他說著：「等一下大伯會送姑姑和姐姐回來……。」他才肯乖乖的下電梯上車回

家。我心中亦非常不捨得他，小寶貝，再見面只能等明年暑假了。

回金後，我又只能看著他可愛的相片了。有時候，小女兒會出其不意，捉狹似的用手在我臉上按一下後說：「媽媽，我給妳親一個囉。」然後哈哈大笑了起來。噯，軒宇小寶貝，希望明年暑假我們再相見時，你能真正的給姑親一個喲，而不再是用小手來按一下臉頰ㄛ……。

註：恭賀添弟的寶貝兒子軒宇，今年考上建國高級中學。

老公笑談

張君雅小妹妹

鄰家小女孩從小至今所留的髮型，始終如一的是那一成不變的「妹妹頭」。

上學後，老公在校園內碰巧遇見她時，都喜歡對她說：「張君雅小妹妹，妳家的泡麵煮好了，妳阿嬤叫妳趕快回去吃……。」

小三時這麼叫她也還好，可升小四時有次一樣這麼叫她，不意她竟哇哇大哭了起來，抗議著說：「我才不要當『張君雅小妹妹』啦，老師你一直這麼叫我，以後班上同學都要叫我張君雅小妹妹，都要我趕快回家吃泡麵……，我不是『張君雅』啦。」

哇咧，這一哭，老公熊熊被嚇到了，趕緊陪著笑臉安撫她說：「老師沒有惡意，只是在和妳開玩笑啦，好啦，好啦，老師以後不再叫妳『張君雅』啦，以後就叫妳的名字ㄛ……。」

升級

話說小一的新生剛入學，除了最認識自己的「導師」外，對學校師長都「很不熟」。

而每當這剛開學的時候，在訓導處當生教組長的老公在校園內四處走動時，往往就有小一的新生「畢恭畢敬」地立正站好，然後「彎腰鞠躬」的對他說：「校長好！」

哇咧，老公何德何能，何其有幸讓小一新生對他如此「加持」？讓他這區區「組長」直接升級到「校長」。

啊，這……這都要拜他那「威震八方」，演壞人免化妝的長相所賜啦。

只是，如今老公修身養性的功力已日漸深厚精進，所謂的「相由心生」，讓一向橫眉豎目的他也變得很「慈眉善目」了起來。

所以，這種升級的「校長好！」之情況也一年年減少哩。

聞名

每年當幼稚園兒童畢業之前，幼稚園都會安排老師們帶小朋友來「新學校」參觀，認識新環境。

有一年，當小朋友正好奇又開心的在校園遊走一圈時，忽然這時候，就聽得有位小朋友像發現新大陸似的叫著：「啊，我知道，那個就是李文曲老師啦……。」這一嚷嚷，讓週邊的小朋友都齊向路過的老公行注目禮，提早認識他。

當老公回家笑談此事時，哇哩咧，老公這「中正第一」嚴師之名在學校真是超紅的，威名遠播無遠弗屆，大小通吃，連幼稚園生都知其名，到校還「認得其人」，真是「太超過」了。

其實，這全是拜在校生所賜，完全免費替他「口耳宣傳」以至於讓他聲名大噪，一直處於紅不讓的位置。而小女子我則盡量低調，絕不輕易洩露我那李師母的身份哩。

鎮室

哎，學校大事情就多。小學生一到六年級資質不一。全校四十幾班，有些小朋友調皮搗蛋，有些同學會在班上鬧事，三不五時總有事情發生。

這時，身為組長的老公就得充當「和事佬」，處理各類疑難雜症。因為，長相橫眉豎目、不怒而威的老公實在「太嚇人」了，尤其是低年級的小朋友，看了他都「皮皮挫」。

老公有次就對一票導師們說了：「我看把我的相片放大，每個教室都貼一張好了。」想想也是不錯，老公還真有「避邪、止煞、鎮教室」的特殊功能哩。

聞聲

有次和六年級工讀生閒聊，她說有次班上同學吵架，正吵得不可開交，非要爭個你死我活時，忽然聽見有人大喊著：「李文曲老師來了……。」霎時，兩幫人馬火速「一哄而散」，逃跑得比飛的還快。

其實，那有什麼李文曲老師的影子？喊叫的同學只是隨興「唬弄」一下罷了。誰知這麼管用，效果這麼優咧。

看來，「李文曲老師來了」這七字箴言「超好用」，因為沒有同學會再去觀望求證到底是真？是假？直覺反應就是「走為上策，跑了再講」。

離昏

親愛的老公「離昏」了，所幸，下堂妻「不是我」！那他離啥昏？啊，他離的是他那已「結縭」三十八年，每日形影不離，朝夕相伴，有事沒事就猛親嘴的「香妃」煙妹妹是也。

小時候，我不認識香煙。長大後偶爾才看到老爸抽煙。可老爸沒「煙癮」，他從來未曾買包煙放在口袋裡三不五時拿來慢慢抽，他抽煙都是別人請客，隨手遞上一支時，他才吞雲吐霧一番的。而且，老爸從來不在家中抽煙，因為老媽嫌「煙臭」，又說那是「壞行為」，教壞小孩。所以，我生長的環境裡是完全沒有煙害污染的清淨空氣。

上班時，我的男同事們也很少抽煙，但他們都「好賭」。每當站長返台休假時，他們都在宿舍「聚賭」，只留一人在辦公廳看守，有時甚至高唱「空城計」，因為那人也「不甘寂寞」地跑進去「看賭」。反正，「厝內無大人」，站長休假，大家也好好輕鬆一下，跟著放大假。

同事有時賭一把後就把當月薪水給賭掉，這讓我瞠目結舌。賭，贏的是花花綠綠的鈔票，輸的也是花花綠綠的鈔票，但好賭者在錢財「來去之間」，絲毫不以為意，這種心態令我「深惡痛絕」，暗暗發誓千萬不要嫁給「好賭之徒」。

我與老公是相親認識的，是我那熱心腸的姐夫「鄭校長」做的媒。初交往時，他都「安份守己」的在我家陪著我們「看電視」，從沒見他「抽支煙」過。

後來，我無意中發現原來他在踏入我家門前，就先在巷子裡好好「吞雲吐霧」享受一番，直到熄了煙蒂後才慢條斯理，一副「完全沒事」的大喇喇地進門。因之，母親和我完全不知道他老兄「會抽煙」。

發現了「真相」的我，想著：男人會抽煙也還算「正常」吧，抽煙應該不是什麼大事，總比同事那「十惡不赦」的賭博癖好來得好吧。

婚後，我才又發現我那外向、活蹦亂跳的老公，根本不是我這微不足道的「弱女子」所能號令、掌控的。他個性豪放，非常「阿沙力」，雖然其貌不揚，但人緣奇佳；他「五湖四海皆兄弟」，上至縣長下至清潔工，他都可以「熱情哈啦」；親朋好友有事沒事「都愛找他」，下班之餘、週休二日找他泡茶開講，找他去飆歌，找他去方城之戰；開放小三通後，找他結伴去大陸吃喝玩樂。總之，他節目多多，是個「分身乏術」的大忙人。他上班做「公家事」，下班「忙私事」，應酬之多常讓我「獨守空閨」望眼欲穿地等待他的身影「歸來」。

我常慨嘆著對他說：「你比縣長還忙，我從來沒有『擁有』過你這個丈夫，你是屬於『大眾』的（和大眾診所無關），屬於你那一票酒肉朋友、狐群狗黨……。」生氣的我，連帶地損損他那一幫哥倆好，個個都是寶的好兄弟。

老公年輕氣盛，血氣方剛，他的人生觀點是「做人要活得快樂，千萬不要虐待自己」，是十足的「享樂主義」者。因之，有酒當歌，有樂當享。他才不要像我做生活的「苦行僧」，在生活中不斷的被歷練，苦苦「修行」。

所以，妳千萬別和他談啥「修身養性」，別要他陪妳「散步壓馬路」，別約他陪妳看畫展，聽演講、看戲劇表演……，這些他通通沒興趣，通通做不到，但他會說：「叫寶寶（小女兒乳名）陪妳去。」這讓我心情鬱卒，傷很大。

天啊，婚後我才「漸漸發現」他的本性，原來我們之間「差異這麼大」，而且不是普通的大，是「超級超級的大」。至理名言「愛情是盲目的」，果然不錯，我被狠狠的打了一悶棍，栽了個筋斗倒地不起……。

愛玩樂、極為「享受生活」的他是「老外、老外、老是在外」，我和三個孩子「相依為命過生活」。我要上班、要做家事，日子也夠忙碌的了，如果還要擠出很多心思來搭理他，只會是越來越忿恨不平而已。既然完完全全沒任何本事管得住他，只有任他「自由高飛」，愛飛多遠、愛飛多高，一切悉聽尊便。

年過半百之後，不知他是受了啥感召？還是熊熊一時「被雷打到」？他竟「慢慢轉性」了，先是說喝酒好難受，不好玩，不喝了！開始「謝絕」所有的大小應酬，任何飯局通通不去，十條牛也拉不動他。後來，對前往有「金門後花園」之稱的廈門也降溫退燒了，他的兄弟再約他去「消遣、舒壓」時，他也一口回絕了。是否什麼把戲什麼齣頭他都玩透透了，再玩下去自然「索然無味、無趣」，能再有啥新鮮的？

所以他大方的吐真言說：「唉，現在連女人我也不愛了。」說得真坦白，真是坦白得太可愛了。原來老公吃喝玩樂「多年」（非多年國小），最後的心得與總結論是「家花猶勝野花香」。野花之香濃郁短暫，怎比家花清香久遠？俗諺亦云：「外面的女人是要你錢的，家裡的女人是幫你存錢的」。可偏偏很多男人不信邪，紛紛搶做火山孝子，甚而冠冕堂皇說「人生苦短，追求真愛」。殊不知「女人的青春在臉上，男人的青春在口袋。」有些「真愛」也在於你口袋的大小深淺有關啊！

坦白說，老公是很愛玩，但他是「老船長」，玩歸玩，自我拿捏之間有個分寸，所以「不會暈船」。在「過盡千帆皆不是」後，他亦知曉「該收心了」而倦鳥歸巢。

我對他說：「娶到我這麼個『高度忍耐力』優秀優質的『壁花』老婆是你家三代燒好香，要是別人，沒早早離婚也紅杏出牆了。」夫妻是兩個個體，如果無法「包容」另一方，很難有好下場。

電視上有個廣告「你要的窗簾『在隆美』」。現在迷途知返，「回歸家庭」的老公也知道他要的快樂「在家裡」，只有家才是他幸福快樂的安樂窩。

現在家中時時可「看到他」了，我有種「守得雲開見月明」的欣慰。回首前塵往事，我這「深宮怨婦」獨守冷宮二十多年，比起苦守寒窯十八年的王寶釧，真是「有過之而無不及」。

所幸老天開眼，「總有一天等到你」，讓我和寶姐姐一樣，後半輩子不再孤單。

但是，天啊，一個原本家裡坐不住，天天往外跑的「老外」忽然之間變「宅男」，除非真的有事外出，否則他就天天蹲坐在家裡和我眼瞪眼「相對望」。我看現在熊熊「不能適應」的變成是我。

親愛的老公乖乖做「宅男」，每天都給我「宅在家裡」。可問題來了，那就是他的「抽煙大事」導致家中烏煙瘴氣的嚴重空氣污染。

據他坦白招供，說從國二時就因同學慫恿下「好玩、好奇」的偷偷抽起煙來。天啊，如此算來，他與那魅力無限的「香妃」之「昏齡」比我的「婚齡」還久。難怪十足已是「老煙槍」的他抽起煙來，又何止於只是「飯後一支煙，快樂似神仙」所能滿足的？

看電視時他煙一支接著一支的抽，抽得渾然

忘我，抽得眉開眼笑、心花怒放、抽得樂趣無窮，完全無視於我與女兒的存在。女兒受不了他那煙燻的陣陣臭味，遂拿著外套摀住口鼻，我亦隨手拿起靠墊跟進，母女只露出眼睛觀看電視。

時日一久，女兒嘟著嘴抗議：「爸爸你不可以讓我們吸二手煙，人家洋洋他爸爸都到院子抽煙……。」女兒的建議惹來他說：「妳們真沒良心，爸爸每天辛苦上班養妳們，在家抽支煙還要我到院子去抽？樓上也有電視，妳們怎不上樓去看？」

但因為我們母女倆都已習慣這客廳的生活空間，怎可能上樓去看電視。只好各自戴個口罩一起看電視，這種畫面真成了家中「奇觀」。

看他抽煙抽得兇，有天我問他：「老公你一天是抽幾包煙？」他想了想說：「三包。」嚇！這個數字差點讓我從沙發上跳起來。「你幹嘛抽那麼多煙？」我沒好氣地問著。他說：「壓力太大。」這真是鬼話連篇。他上班那有啥壓力？我看有壓力的是和他同一間辦公室的同事吧！他總肆無忌憚，十分囂張的大享他騰雲駕霧之樂，大家都「敬老」他，就算心中暗暗罵翻，對他都「敢怒不敢言」吧。

香煙，香煙，煙味其實「其臭無比」，可偏偏美其名為「香」煙，真是諷刺之極。有次和老公去喝喜酒，他六哥與他同坐，他煙一支接著一支的抽，不抽煙的六哥被煙燻得「受不了」了，起身對我說：「妳是他老婆，妳應該來坐他旁邊才對……。」一副老婆吸二手煙是「名正言順、理所當然」的事。我只好心不甘情不願，倖倖然的去受那「煙燻酷刑」。

他在家中，我越來越不能「忍受」他抽煙的陣陣臭味。他一抽煙，我就臉色難看，氣得暗暗「咬牙切齒」。索性飯拿到別處吃，電視不看也罷，盡量遠離「煙區」。

我好言相勸：「老公，你看你這幾年一直咳嗽，不要再抽了，把煙戒了吧！」未料他反應很大說：「現在我什麼惡習『都戒了』，就只剩下抽煙這一項嗜好了，如果連抽煙這一點點的樂趣都要給我剝奪掉，那人生還有什麼樂趣？我不如死掉算了！」老公說得義憤填膺，慷慨激昂。我一時啞口無言，站在他的立場，最愛的真的「只剩這味」了，對「浪子回頭金不換」的他真的要「趕盡殺絕」嗎？

想到娘家的三兄弟，他們不煙、不酒、不賭、不花心，真佩服我媽「教育成功」，栽培出三個優秀的「顧家、顧妻兒」的「新好男人」。誰說男人一定要會抽煙、喝酒、賭博兼愛粉味的才是「真架ㄟ查甫人」？發表這種言論的人真該狠打五百大板後發配邊疆。

九十七年除夕夜，他忽然一時興起，心血來潮說：「老婆，我要戒煙了，我不抽煙了，真

的，我下定決心不抽煙了。」我當他是在開玩笑，隨意說說，聽聽就算了。結果，隔天、後天、大後天……，他真的沒抽煙。我靜觀其變，心想看他能撐多久？那一天「破功」？

曾看過一篇文章說：「癮君子把煙視如戀人，感情深濃，難分難捨，如要戒煙，簡直痛不欲生，如喪考妣。」又說明知抽煙有礙健康，但對這「刀上的蜜」就是無法斷絕。

老公在泡茶、看電視之餘，面臨熊熊手指間、嘴邊都「空了」的情境總喃喃自語，像個嘴饞的孩子似的說著：「啊，好空虛ㄛ，好想抽ㄛ，好想抽ㄛ……。」我總給他加油打氣說：「克制一下，克制一下，不能抽，不能抽，如果你把煙戒掉了，你就是個百分百的好老公了。」

為了克制那強烈的「想抽煙」慾望，他買了一堆零食來解纏。一向不好零食的他，如今以此來對抗「煙魔」的一波波誘惑。

老公每天都盡全力在「挑戰自己」，讓自己時時保持「今天不抽煙」的記錄。我們一起計算著「今天是第幾天沒抽煙了」？好似阿兵哥在數饅頭等退伍。不同的是我們要把數字一直「往上累積」，邁向成功之路。

一星期過去了，一個月過去了，兩個月過去了，三個月過去了……，老公一如「老僧入定」，對「煙」果真「不為所動」，我們有種「倒吃甘蔗」漸入佳境的快感。

如今，老公「離昏」快屆滿一年了，真是可喜可賀。他過人的堅強意志力真是「凡人無法擋」，他那豪氣干雲說戒就戒，說斷就斷的氣勢與決心，真是「太有氣魄了」。我這被他氣了二十多年的「老」婆，當然也要露出微笑，不得不對他豎起大拇指好好給他嘉許、肯定、讚揚一番說：「親愛的老公，你真乃男子漢大丈夫也」。

啊，諸位癮君子們，看完這篇小文後，為了自己和家人的健康，趕快、趕快痛下決心，切莫再繼續和那致命的危險情人「香妃」糾纏不清了，趕快、趕快、趕快「把昏離一離」吧！

爸爸不在家

到小雅美髮院洗頭，一進門一眼就瞧見一隻狗狗睜著一對水汪汪的大眼睛，無精打采地趴在泡茶桌下。

哇咧，我是老主顧了，可怎麼從來沒見過這隻狗？猜想可能是鄰家跑來串門子，貪圖涼快賴在這兒吹吹冷氣吧！

我蹲下來想逗逗牠，可牠不屑地瞧我一眼，懶得理我。「啊，妳不要去看牠，牠最近心情很不好，生氣起來會吠會咬人……。」正在忙著替客人吹頭髮的老板娘趕緊說著，示意完全不知狀況的我「不要去招惹牠」。

聽到「會咬人」，嚇得我馬上離牠三公尺遠。我問：「這是你們家養的狗？」「是啊，我們養的。」老板娘答著。

客人走了，真好，沒等幾分鐘就輪到我了，「啊，以前怎麼都沒見過這隻狗？」好奇歐巴桑的我，打破沙鍋問到底的本性又發作了。

「牠都跟著我老公去上班，妳當然看不到牠。」

瞎密？跟著你老公去上班？哇咧，太好玩了，關於這隻狗狗，我一定要好好瞭解一下。

「牠只要一看到我老公穿著制服，就開心得又蹦又跳的，知道牠也要跟著出門上班去了。」

「牠是我老公一手養大的，現在才五個多月，還是小朋友哩。」

「我老公照顧牠三餐、替牠洗澡、帶牠上、下班、帶牠散步，牠和我老公是形影不離，情同父子哩。」老板娘如是說著，滿足了我這好奇歐巴桑的本性。

有人推門進來了，第一句話是：「啊，今天狗狗怎麼看起來一臉『鬱卒』？」哇咧，滿頭泡泡的我聽了都想笑。想來來的是熟客，觀察入微，狗狗情緒不佳，她都看出來了！

「牠在想念爸爸啦，啊，想得快得憂鬱症了。」老闆娘邊工作邊笑答著。

「那爸爸跑那裡去了？」熟客問著。

「跟團去旅遊，之前有一次才好笑，我老公旅遊回家來很熱情的呼叫牠時，牠竟然生氣的完全不理他。」

「這次我老公出門，牠看到爸爸沒穿制服，知道不能跟，就在他身旁啊嗚、啊嗚地一直低低叫著、繞著打轉，好像在求爸爸換上制服好帶牠出門似的……。」老板娘生動地說著。

關於養寵物，嗯，我覺得要養還是養狗最好。因為，常看到新聞中報導狗與主人間深厚的感情，甚至於在危難時，讓人感動的狗狗奮勇護主、救主的事情時有所聞。狗，真的是人類「最忠實的朋友」，只要我們對牠付出真心、愛心，狗狗，牠永遠會千百倍地回報你，忠心耿耿地守著你。

「對了，妳們家狗狗叫啥名字？」我問。總不能下次再見面時，狗狗、狗狗的一直叫吧？

「喔，牠叫『寇克』，一個美國籃球明星的名字。」

寇克，籃球明星？啊，莫哉影，我這老公口中常唸著的「頭腦簡單，四肢又不發達」的歐巴桑對體育完全絕緣，還知道有一個「喬登」就很了不起了。

頭洗好了，吹了個美美有型的頭髮，哇咧，年輕十幾歲。出店門前再偷瞄一眼那無精打采一直趴在泡茶桌下一動也不動，一臉鬱鬱寡歡，滿心鬱卒的「寇克」，牠心中一定頻頻呼喚著正在遊山玩水的爸爸，嚷嚷著：「爸爸，爸爸，爸爸快回家吧！」

寇比小傳

話說自從我知曉了小雅美髮店有狗狗「寇克」這號成員後，從此我去洗頭時必先店外店內「四處張望」，看看有沒寇克的狗蹤？

因為我洗頭時都是下午去，而牠都跟著爸爸兩點去上班到晚十一點才下班回家，所以幾乎都「沒見到」。可這回，哇哈哈哈，寇克被我逮到了，牠被栓在店外，正無聊地四處走動觀望來往的廖落行人。

「哈囉，寇克！」我熱情的招呼牠，可牠把我當「隱形人」似的繼續「狗眼看人低」地遊目四顧、東張西望。哇咧，竟然一點都不鳥我？

進了店內坐在椅子上，想想，也許狗狗說著：「這位大嬸，妳是誰ㄚ？我們很熟嗎？」唉，是啊，我和寇克「一點都不熟」，卻兀自熱臉去貼冷屁股，真是好笑！

「啊，妳那篇『爸爸不在家』我們都看了，大家都笑翻了，但是妳把牠名字寫錯了，牠叫『寇比』不是『寇克』啦。」老板娘拿水倒在我頭髮上邊打溼頭髮邊說著。

瞎密？把「主角」名字都寫錯？難怪叫牠牠都不理睬我。啊，一向自認記憶力超強的我沒想到也會「出岔」，看來「歲月不饒人」真是沒錯，「老人失憶」已在頻頻向我示好。

說起這「第三個兒子寇比」，老板娘笑逐顏開，馬上雙手邊熟練地工作邊哈拉起狗兒子自幼到今的狗經來。「我們家寇比還有一個閩南語名字是『溝逼』，因為附近鄰居的阿公阿婆們都不會叫英文的寇比，他們又把寇比聽成國語的「咖啡」，講國語又不輪轉，所以都把牠叫成「咖啡」的閩南語音『溝逼、溝逼』，實在好笑。」啊，一個英文名字發展到中文而後翻譯到閩南語，連我不禁也要佩服「老人家好天才ㄛ」。

「好可惜ㄛ，妳都沒看到我們家寇比小時候有多可愛。」「那時幼兒期的寇比小不隆咚的，年紀雖小但很乖巧，一點也不皮，牠尤其很會『察言觀色』。寇比閒來無事總愛去我們店對面的小吃店『串門子』，但牠不會越雷池一步進店內趴趴找。小小的牠總是把頭趴在那水泥門檻上，然後雙眼目不轉睛『癡癡地』和忙著烹煮工作中的老闆娘『相對向』，老闆娘也不趕牠走，反而把牠當乾兒子似的寵著牠，空閒時都拿東西給牠吃。最好笑的是那店門檻的高度彷彿是為牠量身訂做似的，妳可以想像一隻小狗把頭靠在門檻上，稚氣的眼神直望著老闆娘看，那畫面真是逗趣得笑死一堆人啊。」聽著老闆娘述說，想像力豐富的我，腦袋裡馬上浮現著那「虛擬畫面」，不禁連連笑了起來。

「有一陣子有個理著小平頭，面相極為兇惡的男子常在店內用餐，飯後都習慣在外面水槽洗洗手後再離開，這時小寇比都會對著這長得『壞人樣』的客人狂吠不已。次數多了後我怕寇比惹毛了人家會被揍，都趕緊帶回店內來哩。」哎呀，想不到小小的寇比「狗眼」還會分辨人類的「好看面」和「歹看面」，真是有夠精靈。

「還有，長大後的寇比也很顧家、護家。牠在店裡時都會到鳥籠邊陪著籠裡的鳥兒們玩耍，鳥兒們有時都喜歡啄啄牠，牠不以為忤，跟著牠們蹦蹦跳跳玩在一起。」「在這街上，免不了總會有貓、狗走過來，這時掛在店外屋簷下的那兩隻鳥都會嚇得驚慌失措，邊亂飛邊不斷地發出悽厲地叫聲『爸，救命，爸，救命』，寇比聽到求救聲時總是義不容辭地衝過去嚇退那些貓狗。因為牠知道鳥兒和牠同是一家人，爸爸不在店裡時牠有責任代替爸爸來保護弱小的鳥兒……。」老闆娘笑著說著。

啊，寇比的「愛心」好讓人感動ㄛ。

「妳知道嗎?寇比和我們家人『打招呼』的方式是『因人而異』各有不同的……。」老闆娘繼續說著。這引起我的好奇心，是怎樣的因人而異法?

「當牠看到我大兒子回家時，會用前腳從背後一把抱住他，然後亦步亦趨地讓我兒子拖著拖著走到樓梯邊才放手：看到小兒子回家時則跳到他身上，兩隻前腳環繞著他脖子，然後猛舔他親他，小兒子就把牠像小嬰兒似地抱著好會兒再放他下來；看到我先生回家時，表情特別興奮，馬上搖頭擺尾繞著他打轉，還不時用前腳去摸摸他，好像有很多話要和他傾訴似得。」

哇咧，這隻狗狗寇比真是太好玩了，只可惜無緣欣賞到這精彩逗趣的鏡頭。

「對了，那寇比如何和妳打招呼呢？」我問著老闆娘。

「牠啊，不會和我打任何招呼，我都在忙，那有時間理會牠？」老闆娘答著。

「吼，妳這個做媽媽的怎麼可以只專注於工作而沒對寇比多一點關懷呢？太沒愛心了吧！」我開玩笑地替寇比抱不平。

「嗯，沒事我是沒在搭理牠啦，但一家人吃飯時就我最大，『牠最愛我了』，因為中午吃便當時我都會留一半給牠吃，晚餐時牠乖乖地坐在我旁邊，管他是爸爸、大兒子還是小兒子，牠誰都懶得理，水汪汪的大眼睛就只盯著我看，因為牠在等著我這媽媽的餵食呢！」哈，民以食為天，狗狗也不例外，有奶便是娘，原來「媽媽的重要性」是在口腹之慾上。

「啊，妳可能不知道我老公疼愛寇比的程度有多深，真的是把牠當『兒子』般看待。」

「為什麼這麼疼牠是有原因的……。」老闆娘說著。

有原因？啊，又有故事了哩。我不發一言，繼續做個「忠實聽眾」。

「當寇比兩個月大時我老公就開始帶牠去上班，有天夜裡已快接近下班時間了，我老公正漫步要過那四下無人寂靜無聲的馬路時，忽然有部非常急速行駛的轎車眼看很快要衝過來時，忽然，黑暗中只聽得輕微地『碰』的一聲後，車子停頓了一下下後馬上揚長而去。我老公站在路邊想想不對，剛剛好像有什麼事發生？但那是個無星無月的夜晚，四周一片漆黑，啥也看不到。我老公不放心的回崗位處拿手電筒四處搜尋，才發現小寇比被那急行呼嘯而過的轎車給撞了，牠雙眼緊閉，嘴角鮮血直流，腳也斷了……。」

「我老公嚇壞了，直覺告訴他，這是寇比剛才在『幫他擋煞』，他雙手抱起奄奄一息的寇比，當場傷心得稀哩嘩啦哭了起來。我們常說『男兒有淚不輕彈』，我老公這輩子只流了四次眼淚，那就是在父母、岳父母往生的喪禮上哭過，如今為了寇比又掉下了『男兒淚』。」

「氣若游絲的寇比抱回家後整整躺了三天三夜一動也不動，只能從鼻孔發出哼哼嗚嗚微弱地一陣陣痛苦的呻吟聲。我們不斷強迫餵食牠流質食物，附近鄰居、親朋好友都常來店裡關切、頻頻探望牠，也許是這麼多的關懷與祝福產生了力量吧，小寇比強韌的生命力與堅強的求生意志力讓牠的病情日復一日漸漸地好轉了起來。小寇比恢復健康了，小寇比活下來了，這是件多振奮人心的事啊，真感謝老天的恩典啊。大難不死，必有後福，所以，我老公對牠自是疼愛有加……。」

啊，好感人ㄛ，原來爸爸與寇比有這麼一段因緣在。可是……可是寇比是從那裡來到這家中的？好奇歐巴桑的我問著。

「寇比的媽媽是隻平日遊蕩在村莊附近的『流浪狗幫』之一員，毛髮是全黑色的，我老公和同事們也會不定時餵養牠們。寇比媽媽懷孕時，有意養狗的他們就一直密切注意產期，當寇比媽產下三隻狗寶寶時，兩隻全黑的，獨獨一隻淺咖啡色的最漂亮，就被我老公眼尖給『搶先一步』捷足先登地抱了來了……。」喔，原來如此，幸運的寇比是這麼成為家中一員的。

「我老公帶寇比上班時，狗媽媽都會來找牠，帶著寇比一起加入『狗幫』，寇比和牠的父母、一票狗兄狗弟狗妹們就在村子內外到處閒逛玩耍，快下班時才脫隊跟我老公回家……。」老闆娘詳細解說著。

聽到這裡，瞎密？原來寇比每天跳上車跟著爸爸上班，不是乖乖地陪在爸爸身旁，而是享受親情「天倫之樂」去了。啊，狗狗寇比，竟然有這麼深厚的「福份」悠遊自在地生活在「人、狗」兩界中，好令人羡慕啊。

有時想想，「做人」實在太辛勞辛苦了，真想……真想下輩子投胎做隻「倍受呵護寵愛」的寵物也不錯，像「團團、圓圓」不是也過得很快樂幸福嗎。

「寇比來到我們家後，帶給我們家好多趣味喔，小時候的可愛乖巧和長大後的懂事，想到、看到時都讓我忍不住要笑。像寇比長牙時期，牙齦都會癢癢的特別喜歡咬東西。家裡剛好有支置放角落邊要丟掉的斷了半截的長柄刷，寇比『如獲至寶』似的每天就兩隻前腳緊緊抱住那長柄刷低頭使勁地猛啃猛咬著。有次就有對祖孫經過，小孫女問阿嬤『狗狗在做什麼？』阿嬤說『不知道』，我正好沒事，在旁隨口說了一句『狗狗在刷牙啦』。『刷牙？狗狗也要刷牙ㄛ？』小女孩驚呼著。『是啊，狗狗和人一樣也要刷牙ㄋㄟ』我繼續答著。笑得那阿嬤直說著：哎呀，老闆娘妳真聰明，好會機會教育喲。」

「當然，有時寇比也有皮的時候，這時我都會板著臉嘮叨牠幾句，聰明的寇比也知道『媽媽發怒了』，趕緊害羞地用兩隻前腳捂住臉，低頭不敢做聲。看了牠那可愛的模樣常常讓我放牠一馬，笑得再也說不下去了。」

啊，好好玩ㄛ，狗狗真是十分具有靈性的動物，如果我們要養寵物，啊，「人類最忠實的朋友」狗狗應為第一優先囉。

「我們這附近的鄰居都認識牠，見到牠都『溝逼、溝逼』一直叫，閒逛沒事也愛來逗逗牠哩。」

哇咧，真是太開心了，故事聽到這裡，「洗頭大事」也大功告成了。當下的結論和感覺是——哎呀，寇比真是「好狗命」喲，真是一隻集「三千寵愛在一身」的超幸福快樂的狗狗啊……。

一床棉被

民國四十二年，夫家大嫂芳齡十八歲，經媒妁之言嫁給二十歲的大哥。

家境不錯的大嫂嫁入幾乎「家徒四壁」且食指浩繁的夫家，本著「嫁雞隨雞、嫁狗隨狗」的優良傳統婦女美德，任勞任怨的與大哥一肩扛起家庭的重擔。

婆婆三十六歲就娶媳，娶媳後的婆婆，不再擔任家庭主婦的角色，從此退居幕後「安享晚年」，亦不過問生活上所有的大、小事務。

十八歲的大嫂入了李家門後，勤奮節儉的她舉凡上山、下海、洗衣、燒飯、帶小孩、照顧五個小叔……無一不盡心盡力。

「長嫂如母」的大嫂贏得了全家人及整個村子裡居民的尊敬。如今，大嫂的子女是男婚女嫁各有所歸，內外子孫十五個，甚至於孫女出閣也生了曾孫了。

在我心中，對於大哥夫婦倆的腳踏實地勤奮持家以及為人處世的態度，我一向是十分尊崇與敬佩的。而今年已七十多歲的大嫂，她永遠讓我感覺到在她「大嫂」的角色中懷有我對她依戀的「媽媽味道」。

日前回古寧頭大哥家，我與大嫂聊著著，在不經意中大嫂聊談起當時新婚時「一床棉被」的故事，真讓我張大了嘴巴，對四十年代彼時的生活與今相較，覺得我們真是太幸福了。

話說大嫂結婚時，正是金門最寒冷的冬天，在冷颼颼的冬夜裡，大嫂蓋著那「新婚的溫暖棉被」，心裡也暖烘烘了起來。初時每晚蓋著蓋著也沒怎樣，後來她無意中發現了棉被內裡的一角居然「補了一塊圓圓的布」？棉被不是新買的嗎？棉被怎麼會有破洞需補？

大嫂疑惑地問著大哥，敦厚坦誠的大哥「照實說了」。原來那床棉被是古寧頭戰役時，受傷的國軍官兵躺著當「病床」用的。當戰事結束時，這床早已「血跡斑斑」且破了個洞的棉被當然是當「廢棄物」丟掉。

那個年代物資拮据，人民生活極苦，節儉惜物的婆婆認為棉被只是髒了和破了個小洞而已，並非不可用，就此棄之未免可惜，若到鎮上城區買床棉被，可是件奢

侈品，那要花不少錢的……。

婆婆把棉被拿到井邊，大哥把一桶桶汲上的水往棉被上一直沖、一直沖，婆婆則拿肥皂、刷子一直刷、一直刷，母子倆費了好一番功夫才把那「血跡斑斑」的棉被給沖淨、刷淡後，再把那不起眼的小破洞給縫補起來放在櫃子裡收藏……。

好了，這就是那床有破洞補丁的「新婚的溫暖棉被」的身世來歷。

當大哥如此一五一十的「從實招來」時，天啊，大嫂聽了只覺得頭上一陣陣發麻，心裡一陣陣發毛，真後悔追問那破洞的由來。早知如此，她寧可永遠不知道「這棉被的故事」。但是，當時環境一時亦無餘款來買床新棉被，她還是得夜夜擁著那「得來不易」的棉被入眠。

所幸，身旁有「人品極優」又真心疼愛她的夫婿相伴，那全心全意濃濃的愛化解了她心中的疙瘩，更似一床厚實、溫暖的棉被緊緊地擁抱著她。

那床有破洞、曾經沾滿血跡斑斑的棉被，在她心中、在感覺裡也就不再那麼可怕了。

如今，大哥大嫂苦盡甘來，過著豐衣足食、悠閒快樂的生活。笑談起當年這「一床棉被」的故事，真是苦中有樂、笑中有淚，回憶無窮啊。

鞋子

我的廈門好友小玲，大學畢業後在某公司上班，她終於有能力賺錢了。對於自己喜歡的東西，那不再是個空想，她終於可以下手買了。

小玲家境原本不錯，爸媽在村子裡開了間雜貨店，生意興隆，不愁吃穿。可「一胎化」的政策改變了她的家庭，讓她跟著吃盡苦頭。

雖然說時代改變了，現代是處處講究人權，「男女平等」的口號也喊了很多年。但在偏遠而封閉的農村裡，那根深柢固的「不孝有三，無後為大」的傳宗接代觀念，讓小玲的父母「不重生女重生男」。因此，媽媽懷了第二胎，可來報到的是「我是女生」，父母只好偷偷地把小嬰兒送往處於山區的親戚家「寄養」，每月按時寄生活費。

然而，不死心的父親又讓媽媽懷了第三胎，當「還是女生」的小嬰兒哇哇墜地時，唉，爸媽臉都綠了。這可如何是好？當然，還是老方法，送到另一個「天高皇帝遠」的親戚家寄養。為了「生兒子」，原本養一個孩子，現在變成養三個，經濟的重擔讓家裡入不敷出，越來越窮。

雖然如此，但是，「媽媽又懷孕了」。然而，當晴天霹靂的「又是女生」來報到時，臉都黑了的爸媽才「面對現實，接受現實」，發誓保證「不再繼續努力」了。

而這「最小最後的妹妹」比較幸運，就送給新加坡的親戚收養。

時過數年，被寄養孩子的親戚怕「東窗事發」，都把孩子「退還」到小玲家來了。

小玲身邊忽地「冒出了兩個妹妹」，公安來查，發現是「私自製造出廠」的，可「木已成舟」，只有以「罰款」來懲處。為了繳這兩筆巨額罰款，父母把店都賣了，這讓原本就捉襟見肘的家更陷於一窮二白之境。

小玲說，能「三餐溫飽」已是萬幸，那能奢求什麼？

有天，薪水不錯的小玲約我去她租屋處看看。但一進門，那地上擺滿了一大堆各式各樣的漂亮鞋子很讓我大為吃驚大開眼界。

我不懂她為什麼要買這麼多的鞋子？一雙鞋子就可以穿很久了，而通常我們鞋櫃裡有個五到八雙的鞋子就算多了，而她是鞋櫃大爆滿後，連地上也排得滿滿都是。好像擺地攤似的，這麼多的鞋子，簡直可以開一家鞋店了哩。

女生總是喜歡看衣服，我好奇的打開她那躲在角落裡的小小衣櫥，但讓我不解的是衣櫥並沒擠爆，只有簡單的幾件而已。小玲看我疑惑的表情，不禁嗤嗤嬌笑著說：「衣服有幾件夠穿就好了，最讓我心動的還是鞋子啦……。」

好另類的女孩子啊，好奇歐巴桑的我，滿臉問號，好想知道「鞋子」的故事ㄟ。為什麼小玲在逛街時就只逛一間間的鞋店？為什麼獨獨對鞋子「情有所鍾」？

「自從我兩個妹妹回家後，我們衣服都輪流穿著，這也就算了，但是連鞋子也要輪流穿，讓我感覺很不方便。我們家只有能力買一雙布鞋和一雙皮鞋，我妹有上體育課時就穿布鞋，我就穿皮鞋，我穿布鞋時，我妹就穿皮鞋，一直到我讀大學了，還是這樣輪流穿鞋。妳無法瞭解這種痛苦的感覺的。所以每次看到別人穿漂亮的鞋子，都讓我好羨慕好羨慕啊。而我身材上最不滿意的地方就是我的腳很醜，因此更渴望藉由漂亮的鞋子來加以美化修正……。」

「現在我有能力賺錢了，可以實現我的夢想了，我不用再羨慕別人了。」小玲一邊幽幽說著，一邊以一種獲得滿足的神情一一看著她所鍾愛的各式各樣不同花色的一雙雙漂亮的「鞋兒」們……。

「可是，妳不覺得妳買太多了嗎？」看著這鞋陣的龐大架式，我仍不解的問著。

「我不知道耶，我看到款式漂亮的鞋子，就是無法控制自己，就是想買，即使很少穿到，但看了就很開心ㄟ。」一說到鞋子，小玲眉飛色舞眉開眼笑的。

我終於知道了，原來這就是心理學上的一種所謂「補償的心理作用」。有的人會針對他「最欠缺最在意」的地方來加以補強和突顯，來獲得「終於擁有屬於自己」的一種莫大的滿足。

如今，小玲已擁有「幸福的歸宿」，嫁做台灣媳婦，過著「苦盡甘來」的快樂日子。她的一堆漂亮鞋子當然也一起嫁過去。我想，以後有了小貝比的她，最專注的事，啊，應該就是買美美的、可愛的「嬰兒鞋」啦。

還債

好友告訴我她童年的故事，說小時候家裡兄弟姐妹眾多，父母親日夜辛勤工作，生活很節省、很苦。

據我所知，鎮上只有兩家麵店，而好友家是其中一家，生意一向興隆，沒理由當年全家一直過苦日子。因我從小就是吃她們家的麵長大的，到如今她們家也算是「老店」了，生意還是一樣好得嚇嚇叫，沒理由當年全家一直過著苦日子啊。

果然，好友苦笑著說：「其實我們麵店真的生意很好，也賺很多錢，每天做的麵都供不應求，但是，賺來的錢爸爸只留下一點點生活費放在家中，其餘的都拿去還債。」

「還債？」還什麼債？我從小到大都被母親差遣去她們家買麵，自然認識老板和老闆娘，他們都是認真做事、樸實敦厚、腳踏實地的古意人，不可能有什麼債務，何況生意真的很好，買麵都要「趁早、搶早」，晚了買不到。

「是啊，還我叔叔所欠下的龐大金額的賭債……。」好友說著。這就讓我不解了，一人做事一人擔，為何弟弟的賭債要哥哥來還？

「因為阿嬤只有兩個兒子，叔叔年輕不懂事犯了賭戒闖了禍，債台高築，債主每天上門要債，阿嬤只能求助於爸爸代為償還。爸爸是個孝順的人，母命難違，又念及弟弟只有一個，只要他洗心革面從此戒賭，他願意扛起他龐大的債務，替他還債。」

「所以，爸爸賺的錢都很少用在我們身上，溫柔賢淑的媽媽對阿嬤和爸爸也從沒怨言，一起跟著爸爸打拼、辛勤做工來還債。」好友笑笑說著前塵往事，對孩提時代的困苦時光彷彿都因為感動於爸爸的孝順，爸爸的手足情深而化解了。

「那妳叔叔有真的悔改，不再賭了嗎？」一向想要知道結局的我不禁又問著。

「有，叔叔看到他的爛攤子由我爸我媽全力來扛，自覺羞愧萬分，從此戒賭了。」

這不為人知的故事，讓我對父執輩的老板「刮目相看」欽佩連連，這樣的情操與胸懷，試問，現今這世上能有幾人做得到呢？

傳家寶

我與好友閒聊，說到現今金價之高漲，真令人買不下手。好友想起曾看過我寫的「首飾」一文，說看了後很有感覺的「心有戚戚焉」，並隨著話題不經意地說出了一件往事……。

數年前，好友的公公往生了，當五兄弟把微薄的一點田產分了後，大伯忽然對著她說：「那些金子呢？」

「什麼金子？」突如其來的問話，讓她不解其意，一臉莫名其妙。

「妳可不能獨吞哦！」大伯雖然笑臉對她說著，但語氣一點也不像是在開玩笑。

「獨吞？」一頭霧水的她，滿臉問號的看著身旁的老公。只見一直不發一語的老公尷尬地笑著說著：「就是我們訂婚時給妳下聘的那些金首飾，老婆，妳先去拿出來。」

瞎密？那是你給我訂婚的信物，現在分家產時為什麼要拿出來？那三個嫂嫂的訂婚首飾呢？怎麼也沒見她們拿出來？好友雖然心中疑惑，但有修養的她只是笑笑，先進房拿出訂婚首飾來再說。

當大伯接過好友手上的這組「金飾」時，感慨地對她緩緩說著：「妳是知道的，以前我們家很窮，我們鄉下孩子又多，父母親能讓我們一家老少大小溫飽已是不易，何況還要供我們兄弟姐妹讀書。當年我訂婚時，家中連個金戒指都買不起，妳大嫂的訂婚首飾都是向親戚、鄰居們借來充數的。後來，父母親覺得如果每次要娶媳婦，都要向鄰居、親友『再借一次』也很麻煩，所以決定無論如何省吃儉用也要積存點錢，慢慢購買屬於自家的金項鍊、金戒指及一副金手環。」好友當然也知道當年的時空背景，生活已屬不易，金飾更是昂貴的奢侈品。

「後來，二哥訂婚時就用自家的這組金飾，三哥訂婚時就交由三嫂，直到你們訂婚，才又交到你們手上，所以，這是父母親留下來的公有物，也算是『傳家寶』，我才請妳拿出來做個處理。」

看著大伯慎重的神情，好友真沒想到，天啊，這個「秘密」，老公和公公居然隱瞞了二十幾年。如果不是公公往生，如果不是小叔尚未論及婚事，她對這保存了多年的「傳家寶」都還一無所知呢。

好友是個明事理、溫柔賢淑的女子，對於這傳家寶的故事，心中很是敬佩公公、婆婆對子女無怨無悔地付出，當然也樂意把傳家寶交由大伯全權處理。

「後來，我大嫂把這組金飾拿到銀樓店換了五只戒指分送五兄弟，就算是公公婆婆留給我們的紀念品。」好友用她那一貫和氣的笑容說著。

聽了好友這故事，我覺得好溫馨。金飾只是個物品，而父母對孩子的愛、兄弟之間相互的尊重、妯娌相處時的和氣和諧、夫妻之間的相知與包容才是生活中最重要可貴，最無價的黃金哩！

陰霾

前陣子赴台，順便與在台的友人聚聚聊聊，閒話家常……。其中好友阿鳳告訴我一個她女兒切身的故事讓我頗為傷感。

阿鳳那唯一的女兒小慧就讀護校，原因是護校畢業後比較好找工作。小慧在一年級時就和班上的小茹成為無所不談的好朋友。

可有一天，小茹在餐飲店工作的媽媽休假，她騎乘機車送小茹上學。不意天有不測風雲，人有旦夕禍福，回程的路上飛來橫禍，小茹的媽媽出車禍身亡了。

面對這突如其來的噩耗，小茹極度震驚，幾近崩潰。父親已逝的她一直是與最深愛的母親相依為命過日子。如今遭逢此巨大變故，在這世上唯一的親人與依靠只有已出嫁的姐姐了，姐姐把傷心欲絕的小茹接進了她家照顧。

三年來，小茹一如往常的上學、放學，在班上一樣和同學談笑自若。大家都看到坦然面對現實的小茹勇敢堅強地生活著，大家都認為小茹已完全走出喪母之痛的陰影……。

但是，今年的「母親節」這天，小茹沒留下任何隻字片語，選擇到學校悄悄地跳樓，結束了她年輕的生命。

一向和她情同手足的小慧根本無法置信，「母親節」前一天還來她家的小茹竟剎那間走上絕路，而且，偏偏選在「母親節」這天……。

小慧這才驚覺，原來三年來小茹的內心始終沒有走出喪母的傷痛。原來，小茹深層的內心世界裡一直認為媽媽是她害死的，媽媽是為她而死的，如果不是送她上學，媽媽就不會送命……，表面與常人無異的小茹三年來一直活在自責的陰霾裡無法走出。

小茹的事件對小慧是個很大的刺激與衝擊。阿鳳面對女兒驚愕、難過、傷心、不捨的情緒極力給予安撫。學校的老師也對班上同學不斷做「心理輔導」。

我們倆感嘆著現世代的年輕人，他（她）們的思維模式與韌性是這麼的捉摸不定，表面上與無人能窺視的內心世界竟有如此大的落差。

小茹如能退一步想想，再熬個兩年護校畢業後就業，擴大生活圈，認識各階層的人，知曉人世間更多悲歡離合的故事，那麼也會明白人生就是要不斷的面對種種磨難與挑戰，不斷的要去「戰勝自己」。

我為素不相識的小茹惋惜、心痛著，這麼年輕就對寶貴的生命厭倦，灰飛煙滅在塵世中。

由此也讓我們感悟到，我們要多鼓勵孩子有心事要勇敢說出來，有烏雲要盡快化解。我們更要感恩惜福，珍惜眼前當下所擁有的一切……。

樂做學生

自從我誤入那婚姻的墳墓後，嗚，日子就沒再光亮過。我養兒育女，每天和柴米油鹽醬醋茶大對決，我蠟燭兩頭燒，上班工作與家庭家事混戰不休，生活完全沒品質沒樂趣。

數年前我階段性的任務都逐一完成，且也離開職場，此時剛好有個機緣巧合的機會讓我得以在北區職訓局上課，體會「重做學生」的樂趣。

這個在板橋市文化路的「美容美體班」課程足足有十週之久，對年過半百的我而言，每天起早趕晚的，天黑了才拖著疲倦的腳步回永和是有點辛苦，但想到可以和來自各縣市的同學們每天一起上課學習，下課時嘻哈笑鬧閒聊，互相分享各自的生活趣事，心情就開心得不得了。因而整整十週的課程讓我捨不得請假，不想錯過任何一天珍貴而快樂的「學生生活」。

每當我走在街上遇到放學時間時，我看著小學生、國中生、高中生、高職生，甚至是技術學院的學生，他們三三兩兩邊走邊談笑，都讓我好羨慕，羨慕他們的快樂、羨慕他們的青春年少、羨慕他們的無憂，羨慕他們沒有生活壓力，他們只需上學把書讀好就好。

而無論學生生活中有多少歡樂或苦辣，但相信當我們年老時，懷念回想著學生生活中過往的點點滴滴，將永遠是每個人心中最值得記憶、緬懷、珍藏的一段美好時光。

如今想來，非常感謝北區職訓局在板橋開辦的這美容美體班課程，讓我享有了重做學生的美好歡樂時光，不僅讓我學到一技之長，也考到美容丙級證照，更讓我結交了許多好朋友，這段說長不長說短不短的學生生活，真讓我永生難忘，即使是現在，就連在夢裡也會微微笑著哩。

創意過生活

做早操

永和的中正路是條大馬路，朝九晚五的上班族總是腳步匆忙，馬路上公車、貨車、轎車、機車、腳踏車來來往往真是熱鬧。我在走廊上四處張望表妹的倩影，也順便欣賞來往的行人，走廊上也有早起的阿嬤牽著小孫子的小手兒悠閒散步⋯⋯。突然，好像打雷似的耳邊響起了宏亮有力的「一二三四、二二三四、三二三四、四二三四⋯⋯。」哇！著實把我嚇了一大跳，連阿嬤牽的小娃兒都嚇哭了。我眼睛一瞄，原來是距「太平洋房屋」有六間之近的「信義房屋」店，什麼時候蹦出了一隊人馬在做「早操」。帶頭的那位小主管，只見他旁若無人的右轉頭、左轉頭、扭扭腰、擺擺臀、兩腳蜻蜓點水跳一跳⋯⋯，一邊做動作一邊喊口令，精神飽滿、中氣十足，完全不理會街上吵雜奔馳的大小車輛，一付怡然自然的神情。大概做了十分鐘，好了，收隊回店內上班。我在一旁當觀眾，嗯！上班工作之前先活動活動筋骨，很不錯的點子！

在現代繁忙的都會生活，人一坐上椅子就像一株植物似的種在花盆裡，埋首工作忙著動動腦、忙著按小老鼠、忙著緊盯著電腦畫面、忙著許多拉雜的事情。所以，對於信義房屋員工們的「做早操」，啊，我喜歡。

黨旗

大嫂的孫子毛毛，喜好養鴿子，由兩隻而成群，幾乎已成養鴿專家。初時，都養在鴿籠內，後來，就進階訓練牠們外出飛行，看牠們是否懂得「認路回家」？當然，一些道行淺的鴿子就常常有去無回的「飛丟了！」有一次我回村裡拜拜，抬頭一看他那養鴿的地盤上（那是四嬸家只蓋了一層就沒續蓋的屋子）居然左右兩邊的屋角都各插了一面民進黨大大的「黨旗」，當然，在鴿屋上及角落處也插了好幾面小一點的黨旗。我問：「你這是幹嘛？你加入民進黨了？」他笑著說：「沒有啦，我只是撿這些旗子回來做路標而已，是我的這些鴿子們入黨啦！現在牠們看到這些黨旗都會飛回來了……。」喔！原來如此，不過，不知道的人遠遠看到這迎風飄揚的旗子還以為是何人的服務處呢！幾年後，由於家人們極力反對，毛毛把心愛的鴿子有的送人，有的就放牠們自由飛翔（鴿屋也關了）。我想，這些黨員鴿在飛行途中若瞧見了牠們熟悉的民進黨黨旗，心中一定有一種親切感吧！一定停下來駐足觀望一番哩！

阿勇伯

和弘弟的女兒婷婷下樓買東西時剛好垃圾車經過，我一眼瞧見了車後的隨車服務員在這寒冷的冬天居然打著赤膊，白色的汗衫圍在腰際打結，嘴裡叼著煙雙手忙著幫商家拿重一點的或是有好多袋的垃圾丟進車裡。車一停他馬上跳下來，車一開他隨即跳上去，動作乾淨俐落，十分熟練。工作態度非常認真的他，年紀該也有五十了吧！看得出來他對這工作做得滿愉快的。我自言自語的說：「他一點都不怕冷嗎？」「二姑姑，他嘛一年到頭都是不穿上衣的啊！我們這一條街的人都尊稱他為『阿勇伯』呢。」婷婷說著，她早已見怪不怪，沒什麼好稀奇的啦。

嘉義札記

抽號機

幫惠妹到電信局繳逾期的電話費，一進電信局四處張望遍尋不著抽號機？難道是直接去窗口排隊等嗎？但電子看板已顯示出四百多號了。一定是我遺落了那個角落，我又在四周仔仔細細找一遍，還是找不著。算了，甭找了，問服務台比較快。服務台小姐那一臉燦爛的笑容似一朵盛開的花兒，她說：「剛換了新的抽號機，大家都找不到。」接著指著她面前兩台站立的、薄薄的有點流線造型的電子儀器說：「這就是抽號機。」並親切的問我要那一項服務？不懂的話她可示範操作。看著眼前的這電子號碼機，我只有讚嘆人類的聰明，科技的進步。

粉紅色

到郵局匯款，星期一人特別多。抽了號碼單等了半個鐘頭還沒輪到，百無聊賴之下，閒著也是閒著，我又發揮我那好奇歐巴桑的本性，我游目四顧，果然有了新發現。自動門開了，有位年輕女生，頭上綁了馬尾戴著粉紅色髮夾，穿著高領粉紅色毛衣，外罩粉紅色及膝長大衣配上粉紅色運動長褲，腳穿粉紅色夾腳拖，手挽著粉紅色皮包。哇哩咧，從頭到腳無一不全是「粉紅色」。粉紅色固然是很柔美浪漫，但是，天啊，妳也未免「粉紅的太徹底了吧？」而更令人嘖嘖驚奇的是接著走進一位穿粉紅色毛衣的男子，站在她身旁不斷輕聲細語。看來是對情侶，可想而知，霎時所有的目光都聚集在這兩人的「粉紅色世界」中。看來古人言：「氣味相投，物以類聚」不是沒道理的。

金門人

和老爸到市場買菜，兩旁的商家、小販極力促銷叫賣。其中一家賣衣服的中年老闆，聽著老爸說的家鄉口音時馬上說了；「阿伯，您是金門人喔！我也是金門人。」有道是「人不親土親」，老爸一聽此言，倍感親切的笑著問：「阿你住哪裡啊？」「啊，我住後水頭啦。」老闆一邊吆喝叫賣一邊答著。「那你也姓黃喔，我們是前水頭村的。」前水頭屬金城鎮，有個碼頭直航小金門和廈門，後水頭屬金沙鎮，也是個黃姓聚落村，前、後水頭一家親，讓老爸更興致勃勃地有意與他聊談。可一會兒後，卻見老闆馬上改口道：「我是當兵時住在後水頭啦，旁邊有個榮湖，對面還有家金沙戲院……。」哇咧，原來是唬弄我們的。也許是他不想改姓黃，更不忍心欺騙老人家，想想還是自己趕緊招供了吧，否則說多了遲早會漏出馬腳來哩。

飼料魚

大妹家的走廊設有一個小水池，當然也養一些漂亮的鯉魚、金魚，看牠們在水中搖頭擺尾，張嘴喋喋不休一副情話綿綿的樣子，真讓我羨慕牠們天天過著悠遊自在的快樂日子。看著牠們的悠閒，我也好想變做一條魚喔！幾年後，我又再度來到大妹家，可水池的魚變成清一色的就像市場賣的那種魚。我問大妹：「這是什麼魚？一點都不漂亮。」大妹答曰：「飼料魚。」笨笨的我根本搞不清楚什麼是飼料魚？還想著：有這種魚嗎？大妹見我一臉疑惑就來個即興解說：「飼料魚就是買來當魚的飼料用的，一兩三十元，大概有六十幾隻，夜市擺的撈魚就是這種魚。」接著又說：「這九隻魚是魚口下的倖存者，很小隻的時候牠們都躲在人工草皮下活動，等同伴都白目的一口一口被吃了時，牠們也漸漸長大了，當同池的魚張口再也吃不下牠們時，牠們才一隻隻冒上來。再說，那些嬌貴的魚根本養不了多久就一隻隻的掛掉了，我乾脆就養這些生命力強又粗勇的飼料魚就好了。」原來如此，對這九條魚，我還真得另眼相看哩！

週休二日

星期六早上，我上北興市場買菜順便幫女兒到文具店買一些美勞作業尚缺的花燈材料。文具店位於郵局隔壁，賣的商品五花八門琳琅滿目的什麼都有。有一陣子我特愛串珠，三天兩頭的往這家店跑，買魚線和各色珠珠。可今早怎麼大門深鎖？看看時間也快十點半，沒道理不開門啊？正納悶著時忽然瞧見鐵門上有一牌紅字，仔細一看，哇咧，寫著「星期日不營業」。正暗自慶幸，今天星期六，再等幾分鐘也許就快開門了。果然，沒多久鐵門真的開了，只見老闆襯衫、領帶、西裝畢挺的，與他平日的休閒服作風判若兩人。但他走出來後旋即又把鐵門給關上了，一副要出門的樣子。我可急了，問道：「今天不開門嗎？」「是啊。」老闆淡淡答著。我心想：今天休假，那明天該不休吧！又再問：「那明天呢？」「不開Ｙ。」老闆一臉酷酷的回著。接著又說了：「週休二日兩天我都休息的。」他看我實在搞不清楚狀況乾脆明說了，然後開著他的名貴轎車揚長而去，留下驚奇的我。在值此功利主義掛帥當頭，做生意不是希望天天都財源廣進，不是都唯利是圖嗎？而這老闆開店和上班族一樣，週休二日就是他的私人時間，哇咧，實在酷斃了！

彩妝馬路

在這個南部的城市，我行走出沒的範圍只有北興市場、福利社、北園國中、郵局、八德路、世賢圖書館，我的交通工具是腳踏車，每次出門在馬路上觸目所見盡是一堆堆的檳榔汁，那乾涸了的磚紅色液體一朵朵印在馬路上十分搶眼。就連我租屋居住的這棟大樓，也是一出大門就被密密麻麻的朵朵紅色兵團包圍住，難怪大樓的各個電梯內都貼上「進入社區請勿吐檳榔汁，以免影響住家環境，請給兒童成長好榜樣。」的字條。真不了解這些別名「吸血鬼」的檳榔族，如何就可以把馬路當作是他家的垃圾桶，隨時隨地隨隨便便就可吐上一口？嘉義市政府對這些有礙觀瞻的道路、檳榔族的不雅行為，難道就沒有一套有效的管理辦法嗎？南部與北部之間的人文素養、文化水平、生活習性真的有這麼大的差距嗎？對這一條條的「彩妝馬路」，希望他日我再度拜訪時，它們都已換上潔淨的妝容。

冷氣團

今天電視台的氣象報告說將有強大冷氣團降臨，霎時周遭的人個個如臨大敵，紛紛翻箱倒櫃的找出帽子、手套、圍巾、毛襪、馬靴及厚重大衣來。為了對抗冷氣團，嚴冬的全套裝備通通出現了。而從未在台過冬的我，今年可是初體驗。其實在這天天風和日麗陽光普照的南部，根本一點兒也感受不到冬天的氣息。這讓來自金門的我反而覺得有些沒意思。冷氣團來了，真的來了！大家都說：「好冷，好冷喔！」下班之後就躲著不出門了；吃飯之後就躲在被窩裡看電視，屋內還要開著電暖器哩。而我的感覺是：這算什麼冷氣團嘛？唉喲，根本一點都不冷。想我從小到大一直在家鄉金門「風吹雨打、歷盡風霜」，那才是真正的冬天，冷的有味道有特色，不冷反而奇怪。再看看這幾個接二連三的所謂「冷氣團」，只不過是風稍為大一點罷了！去他的什麼碗粿冷氣團？對咱金門人來講，啊，小巫見大巫啦！

意外

我要出門，到地下室牽著腳踏車正要爬坡而上。那出口處的坡有點陡，下來容易上去難。此時，對面入口處出現一位妙齡女子，她五官清秀，長髮披肩，身著黑色窄裙套裝配上短外套，腳踩高跟鞋，手拿著提袋正婀娜多姿的走下來。我欣賞了一眼後，低著頭牽著車慢慢的吃力往上走……。忽然，一陣乒乒乓乓的聲響傳來，啊，發生了什麼事？抬頭一看，這位妙齡女郎整個人轟然跌坐地上，提袋內的物品也散落一地，一罐玻璃瓶裝的牛奶還朝著我翻滾而來……。她一時也呆住了！坐在那兒沒反應。我想去幫她，但兩手牽著車在這陡坡中上也不是下也不是，只能說：「妳還好嗎？」她回過神來笑笑應著：「喔，還好，還好。」接著緩緩站起來走到地下室撿拾她掉落的東西。我牽著車繼續往上走，一眼瞧見右牆腳的一個「黑色細鞋跟」無辜地躺在那兒，唉，都是高跟鞋惹的禍哇。

放輕鬆

五和二

有一天，弟妹吟秋到幼稚園接莉珺及敬中放學，在公車內司機的駕駛座椅後面有看板寫著「請注意煞車」的標語，莉珺看不懂就好奇的問媽媽，那是什麼字？什麼意思？當時公車十分顛簸，媽媽隨口叫莉珺「坐好！」莉珺不解的答著：「媽媽，坐好，是兩個字，可是那些字有五個耶？」語畢，車內頓時哄堂大笑。

念舊

人都有喜新厭舊的心理，東西是新的好、新的棒。但五歲而生性害羞沉默寡言的中弟卻是個非常念舊的小男孩。有一次他的玩具天線寶寶不小心摔壞了，爸媽要買個新的給他，但十分固執的他堅持不要，累得爸爸只好花了好大的功夫才把故障的天線寶寶給「救活」，中弟那可愛純真的笑容才又重現臉上呢！

讚美

中弟的幼稚園老師有一天對班上的小朋友們說：「我們班的小朋友好可愛，每次見到別班的老師或主任就會向她們問好，並讚美主任好漂亮！ＸＸ老師好漂亮！讓每位老師聽了都好高興。可是你們怎麼就從來沒這樣稱讚過施老師呢？」又說：「小朋友你們都好偏心啊！都忘了自己的老師……。」敬中聽了後，每天吃完午餐都會跑過去對老師說：「施老師好漂亮。」老師也回應他：「敬中是大帥哥。」可愛的敬中真是個貼心乖巧的小男孩呢！

椅墊

每一年暑假到台，每次小女兒都喜歡到「三商百貨」去逛，因為那兒商品多又很可愛，重點是就在弘弟家附近，隨時都可去逛。我和她逛著看著，忽然發現一套椅墊不錯，粉紅色有荷葉邊，是格子布和小碎花布剪接拼湊而成一朵花的圖案，我不忍釋手當下決定買了它。家中的沙發組有六張椅子，應買六個才夠，我把同花色的全挑出來，哎喲！才五個少一個，但因喜歡也就全買了，另外一張椅就掛單吧。隔年暑假照例又去三商逛，逛著看著，忽然眼睛一亮，一眼瞧見去年我買的粉紅色拼布椅墊獨自一個孤伶伶地擠在五顏六色的一堆椅墊中，彷彿正等待著我的「救援」。我太驚喜了，馬上抱著她到櫃台結帳，千里迢迢的帶她回金門家和她的姐妹團聚。

加具成交

與表妹約好在永和中正路「太平洋房屋」招牌下會面，我先早到了十分鐘，閒著也是閒著，就在店前一一觀看那一字排開擺在地上的大紅色售屋板，上面清楚的寫著地點、坪數和價格，我發現其中有六間上面都貼了另一張紅字條寫著「加具成交」。我心中想著：什麼加具成交？後來一想，原來是屋主都有附帶二手傢具吧！這倒也不錯。再一看，那麼好，六家都有附傢俱。表妹

尚未來，無聊又看了一遍才恍然大悟，根本不是什麼加具成交而是「賀成交」才對。因為賀字寫得有點開，害我把它看成兩個字，字又寫的很藝術，我把「貝」錯看成「具」，我不禁為自己的眼睛脫窗又想像力豐富而啞然失笑……。

童言童語

甜不辣

有個電視節目是我們全家很愛看的，上幼稚園的小女兒也愛看，常擠在身邊一起看，不知是否她對「甜不辣」特別偏愛還是甜不辣比較好唸？每次一播這個節目時，我正在做家事，她就一而再再而三的大聲嚷嚷喊叫：「媽媽！快來看『台灣甜不辣』開始了！」哦！節目到了她小嘴都換了「名稱」了，反正「紅不讓」和「甜不辣」叫起來都蠻順的，她叫慣了甜不辣就由她去「台灣甜不辣」吧！

豆腐和李白

買了一輯「兒童唐詩三百首」，沒事和她一起來背一背，唸一唸，她看作者李白時說了：「我喜歡李白，因他和我同姓，名字又簡單，只有一個白字。」有天晚上我挑了一首說：「作者是杜甫」，她問：「作者的名字為什麼叫肚腐？叫豆腐不是更好唸？」哇，我的天啊！堂堂詩聖的大名到了她耳中又變成食物了，真是什麼跟什麼嘛！小腦袋瓜就只懂得吃的？

紅蘿蔔

「宰相劉羅鍋」是我準時收看的連續劇，一集也不錯過，有時她也陪我一起看，也許是「劉羅鍋」太難唸了，她又把他叫成「宰相紅蘿蔔」，真是笑死我了！有次好友來家中聊天，說著聊著講到了這齣戲，也說她那和小女兒同齡的小兒子，也是把這劇名叫「宰相紅蘿蔔」，節目播出時也常通知她，大叫著：「媽媽！妳最愛的紅蘿蔔開始了！」原來小孩子的想法都差不多，甚至還語意相通咧。

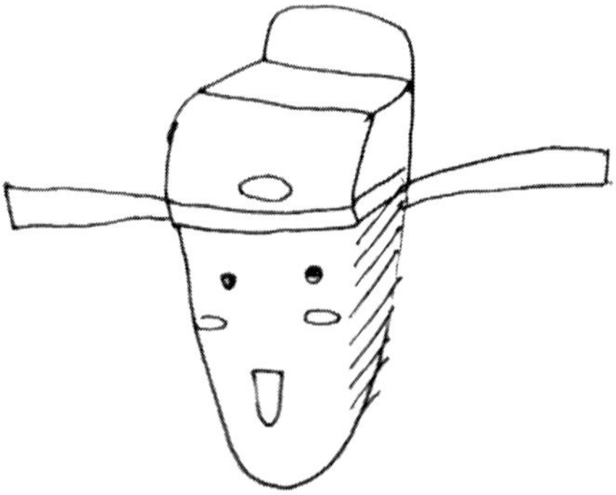

三個願望

小妹的寶貝女兒——琦琦，有次和阿嬤、媽媽一起到寺廟拜拜。今年剛讀幼稚園的她當然也有模有樣的跪在菩薩前祈求願望，媽媽在身邊只聽到她很誠心的唸著：「第一個願望——希望上課不要被老師打。第二個願望——希望這次比賽能得第一名（上次背唐詩得了第二名）。第三個願望——打敗細菌。（因為她正在感冒）」喔！原來小琦琦的三個願望都這麼切合實際，真是令人意外哩！

大魚大肉

大女兒讀小一時有次考社會，錯了一題沒得滿分，她覺得被打叉叉的那題她沒錯啊！為什麼被扣分？我把考卷拿來一看，題目是——祭拜祖先時我們要用（1）鮮花、水果（2）大魚大肉（3）糖菓餅干。她選（2）大魚大肉。老師當然打叉叉了。我說：「你該選（1）才對嘛！」她理直氣壯的答：「可是我每次看阿嬤拜拜時都是大魚大肉的啊！」唉！說的也是，金門的拜拜，那一家不都是大魚大肉？為了這一題不能得滿分，看來這都要怪阿嬤，都是「阿嬤的錯」。

代號

小弟的寶貝兒子——軒宇，每次她叫「阿嬤」時，老媽都以閩南語應著：「ㄨㄟˊ……。」他叫「媽媽」時，秀容就以她的廣東口音答：「ㄏㄟˊ。」他叫「爸爸」時，小弟都會說他：「好乖！」他叫奶媽時，奶媽會以國語說：「又、又。」有時，我們和他聊天，說到「爸爸」時，他就馬上說：「爸爸好乖」，談到奶媽時，他會說：「樓下媽媽又又」，再說到媽媽，他就會說：「媽媽ㄏㄟˊ」，說到老媽，他說：「阿嬤ㄨㄟˊ」。每個人應聲時的代號他就直接加上去了，所以聽久了爸爸好乖，阿嬤ㄨㄟˊ，媽媽ㄏㄟˊ；就一點也不奇怪了，反而覺得另有一種趣味呢！

皇與王

最近×視即將上演的「才子佳人乾隆皇」廣告打得兇。小女兒廣告時只聽少看，聽久了有天對我說：「媽媽，以後要演的才子佳人閻羅王好像很好看喔！妳要不要準時收看？」天啊！我嚇了一大跳，乾隆皇怎麼變成閻羅王？何況還有才子、佳人組合在一起，差太多了吧！

識與視

一放假，小女兒就成天看電視，我叨唸她，她會應：「沒有知識也要有常識，沒有常識就要常常看電視嘛！」問題是她一天到晚看的都是「卡通」節目，又真正能得到多少知識、常識？氣得我說她：「妳天天看電視，到最後妳會得近視。」她一聽倒十分開心的說：「我才不想得近視，那我以後就多看些有知識有常識的節目，少看卡通的……。」說來說去，不管知識、常識，到頭來她還是「愛看電視」，誰還在乎得不得近視？

生活記趣一

筆談

每當添弟夫婦外出時，高齡七十七歲的老媽和孫子們相處就處於一種「雞同鴨講」的狀況。一方面是老媽耳朵有點重聽，一方面是兩個小孫子說話時又快又急，又講國語，她都「聽嘸」？讀幼稚園小班的軒偉碰到阿嬤怎麼一直都聽不懂他講的話時，就很受不了又很生氣的說：「阿嬤妳怎麼那麼笨？都聽不懂我的話？」而此時如果哥哥軒宇也在家時，就會跑過來當「翻譯」，讀小三的他說：「阿嬤，妳聽不懂，我寫給妳看。」接著就拿紙筆把他們的需求寫出來。老媽一看，一目了然。喔！原來是要問什麼事情、找什麼東西或要吃什麼……。當老媽笑著聊談起和金孫們筆談的這些生活趣事時，好里家在，我很慶幸老媽有讀過書，還認識不少字，和金孫的溝通互動，啊，「筆談」一樣嘛也通。

選擇

當老媽和金孫軒宇聊天時，不斷數落著老爸的不是，說什麼阿公太木訥啦、不懂得溫柔體貼、向來沒對她講過一句好聽的話、賺的錢又不多，讓她都要節衣縮食過日子，你爸爸和姑姑、伯伯們小時候生活是如何如何……，越說越起勁，而當金孫在聽完了她的一大長篇的訴苦抱怨時做了一個結論，他說：「阿嬤，妳結婚為什麼不自己選擇？為什麼要讓妳媽媽來替妳選……？」老媽笑著說，她當時熊熊也被問住了。是啊，婚姻大事她為什麼傻傻地聽從母命？為什麼不「自己選擇」？楞了一會兒後才回過神來解釋：那時候沒有「自由戀愛」這回事，大家都是乖乖聽從父母親的話，根本沒有「選擇」這問題。軒宇又用疑惑不解的神情問著：「阿嬤，妳們那時候的人怎麼都那麼笨？」說得老媽呵呵笑著，說時代真是不同了，現在的小孩是越來越聰明了。

倒楣

添弟轉述一個他同事與小孩的對話。爸爸對小孩說著童年時生活有多艱苦困頓，至及青少年時一切都要靠自己去打拼，半工半讀完成學業、找工作，說及現在他們的生活環境多優渥充裕，物質條件多富足……。講完後等著小孩思考一下今昔的他們與當時窮困的爸爸互相比較之下能有所頓悟，能說出一些知足、感恩的話……。結果，小孩卻以一種滿不在乎、不以為然的表情和語氣說著：「誰叫你們那麼『倒楣』，生長在那個窮時代。」哇咧，做爸爸的一時僵住，啞口無言，額頭上不斷冒出三條線……。深感現在的小孩實在太好命，完全不知人間疾苦，不懂得感恩，父母為他們所做的所有的付出，一切也都是「理所當然」的。

爸爸

靜娟大姐是我南門娘家的附近鄰居，永遠保持光鮮亮麗的她婚後定居在西門里某村，幾十年後我也有緣與她住同村。以往大家都在上班，偶爾在路上碰到了，彼此都行色匆匆，總是微笑、點頭打個招呼。幾年前她從

農會退休，九十四年我也沒工作了，因此再碰面時都會聊幾句。雖說我們年歲之間有點差距，但她人親切隨和，我們聊起來也相談甚歡。有次我們又碰在一起了，說著聊著時她問：「那妳們家住幾巷幾號？」我以一貫平常的語氣答著：「我家住八巷八號」，為了讓她加深印象，我又接了一句說：「妳只要記得『八八』就好了。」不料靜娟姐一聽，隨即馬上稍為提高音調說了：「哎呀，妳們家怎麼這麼愛佔人家便宜？都要人家記住爸爸。」我一聽，當下一愣後大笑了起來，真佩服她的反應靈敏。只是，「說者無心，聽者有意」，天地良心，我可從來都沒想過要大家記住「爸爸」這個詞兒哩。

地瓜葉

好友惠玲到娘家拿了一大袋地瓜葉回來，熱情的送我一些與我分享。晚餐前我拿出來處理，當我摘著一片片的葉子時，忽然發現有幾根莖上的葉子長得不太一樣。我問老公：「這也是地瓜葉嗎？」他湊過來看了看說：「嗯，這是地瓜葉沒錯。」老公從小在鄉下長大，認識的農作物比我多，在經過他的審查、檢驗、認定後，我想這可能是另一品種。晚餐時，當我把炒好的一盤地瓜葉端上桌時，其實他也沒吃幾口。「肉食性」的他和「草食性」的我都各吃各的，通常我都把桌上的盤中菜一掃而光。今晚這一大盤地瓜葉當然也被我吃光光了。兩天後，我忽然發現丟在角落的那幾根摘掉葉子的地瓜莖（當時因有幾個不起眼的小小花苞，所以沒把它丟進垃圾桶）居然「盛開」了四朵小小的紫色「牽牛花」。在光禿禿的根莖上顯得特別顯眼。我看傻了眼，天啊，我竟然把牽牛花葉當成地瓜葉一起吃下肚了。可見老公也有「看走眼」的時候。而我還沒機會告訴惠玲，這「地瓜葉與牽牛花」的故事哩。

生活記趣二

樓下的機器

與友人閒聊，說到辭職後無薪可領，真的是回家吃自己了。突然，一直依偎在友人身旁的三歲小孫兒睜著很「同情」的大眼睛，一臉興奮地「發言」了，他說：「阿姨，妳好可憐喔，妳都沒錢用啊？我告訴妳喔，妳只要到我們家樓下的那台機器那裡按幾下，就會有很多錢錢跑出來給妳用哦，我阿嬤和很多人也都是在那裡拿錢的哦。」小男孩很熱心又認真地指引我一條明路。哇咧！此時大家都已經笑翻，在純真無邪的孩童眼裡，啊！天下就有這麼好康的代誌……。

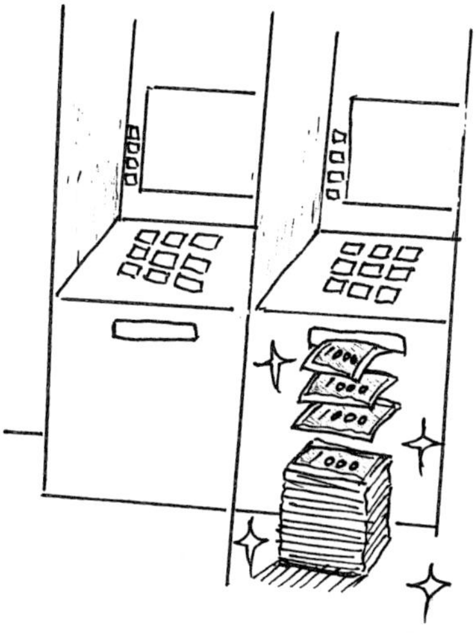

應徵

好友有次到台辨事時順便探望離鄉到外工作的妹妹，到了工廠門口時，警衛是個上了年紀的老芋仔，一見她就問：「妳是誰？來做什麼？」

「我是韻珍……」「什麼？應徵？我們這裡不缺人，妳快走，妳快走……。」不由分說的馬上趕人，既不讓她把話講完，也不讓她有解釋的機會。

好不容易千里迢迢從金門來，沒見到妹妹她不甘心，又擺著笑臉說：「我是韻珍，我是來找……。」沒想到那位阿伯仍是堅持己見，既固執又沒耐性，還火氣很大的回著：「跟妳講過了啊，妳是聽不懂是不是？我們這裡沒有要應徵什麼人？妳是走不走？」

哇咧！真是秀才遇到兵，有理說不清，這個有點重聽的阿伯一味認定她是來「應徵」的，想想再盧下去他也是堅持不准她入內，氣得她乘興而來敗興而歸，倖倖然的走人……。

演員

話說早幾年代科技不若今日這麼發達進步，逼逼扣尚未發明，手機更未誕生，好友去找妹妹居然因名字關係碰了一鼻子灰回來。

而住在工廠宿舍一直見不到姐姐的妹妹，下班後去電給暫住親戚家的姐姐說她已告知警衛會有姐姐來訪，請他放行……。

隔天，好友又抽空高高興興的要去會見妹妹，否則回金門如何向媽媽交代？一進大門，是另一位警衛伯伯值班，照例又問姓名，之前妹妹也有說過，隨便告訴個小名就好了。她答著：「我是圓圓，我找許○珍……。」

警衛伯伯一聽「她是圓圓」，又看她穿著十分時尚摩登，非常高興的問：「喔！妳是演員ㄜ，那妳是那一視？台視、中視、華視？」接著就很熱心的電話連絡她妹妹說：「有個『演員』說是妳姐姐喔要找妳哦！趕快來會客吧！」

好友當下真是哭笑不得，來了兩次都被這些有點歲數了的警衛伯伯給打敗了。

兩元論

好友偕一票人到餐廳吃飯，酒酣耳熱之際，隔壁桌的客人也在開懷暢飲，高談闊論，場面十分熱鬧……。

有人眼尖地說：「啊，那一桌都是議員哩！」好友一聽，原來是為民喉舌的議員大人也在此會餐，一時興起拿了杯酒說要去敬他們。

她蓮步姍姍、笑意盈盈的走過去敬酒後接著說：「那你們是不是也應該回敬我一杯？」剎那間，大家莫名其妙一臉問號？她又說了：「因為你們都只是『一圓』嘛是不是？我是圓圓，我比你們多一圓，所以你們該敬我……。」

哇咧！此言一出，語驚四座，全場為之側目。這是什麼跟什麼？不過，想想也有道理，說的也是，「一元確是比兩元小」。不過是喝一杯酒嘛！何必太認真？總是有緣才一起比鄰吃飯，大家歡喜就好！於是兩桌賓客欣然舉杯同飲，哄堂而笑……。

上司

自從圓圓到餐廳吃飯並好玩地到鄰桌鬧場後，有幾位議員都認得她了。

有次某議員夫婦上街偶然與圓圓相遇，彼此點頭打過招呼後只見楊議員對著身旁的老婆大人介紹著說：「老婆，我只是議員而已，但她是圓圓，她比我還大呢。」

原來楊議員除了檯面上的嚴肅問政之外，在生活中也還有其幽默風趣的一面哩！

好朋友

我們需要朋友，朋友也在生活中為我們增添許多樂趣。愛搞笑又古靈精怪的圓圓是我南門娘家的鄰居，有著一手洗頭、燙髮的好技藝，她的髮廊又兼賣服裝，生意十分火紅。

我倆彼此各蓋新家後又有緣住在附近。她常有一籮筐的生活趣事與我們分享。雖然不常和她時相往來，但她豪爽、有話直說的個性深得我心。啊！好朋友就是這樣子啦！在彼此的心中始終替對方保留著一個位置……。

跳舞蛋

每天下午四點鐘時，老爸就出門去接讀小班的軒偉。學校就在附近，只需走過一條長長的巷子再轉個彎就到了。

有時老爸會帶小孫子到超商買個東西吃或買罐牛奶喝。但時日一久，小軒偉對超商的興趣大減，他不想再買任何東西了。可老爸怕他肚子餓就提議說：「那煎個荷包蛋吃吧，還能加醬油或番茄醬，很美味的哦！」

小軒偉欣然同意，並且說要在旁「觀看」阿公煎蛋。於是老爸拿起平底鍋，倒了一些油後再打個蛋，鍋鏟翻兩下就完成了。此時，童心未泯的老爸會拿起平底鍋，把鍋中的蛋往上甩了甩再接住，接著再重複一次……。

這樣的動作把小孫子可看呆了！他樂得驚呼：「啊，阿公你好棒，這是跳舞蛋ㄟ！」從此之後，觀賞阿公的拿手絕活跳舞蛋，是小軒偉的最佳娛樂，而且吃一個跳舞蛋不夠，他要連吃兩個哩！

金門披薩

話說老媽每次赴台一定要帶著好幾十斤的金門美味「海蚵」。因為在台的親人頗多，所以其實每家所分得的也十分有限。

而其中弘弟他們一家大小都愛吃海蚵，所以老媽分給弘弟家的份量就會稍為多些。而弟妹除了煮蚵ㄚ麵線外更喜歡將海蚵拿來做「蚵仔煎」的料理。

因為讀幼稚園的敬中最愛吃的就是蚵仔煎了，每回都吃得盤底朝天仍意猶未盡。而最妙的是他把蚵仔煎命名為「金門披薩」所以只要阿嬤來台，啊！他可樂翻了，那百吃不厭、美味誘人、獨一無二的金門披薩又再向他招手了耶！

無常

美華是我這次在台新認識的朋友。她長髮披肩，圓圓的臉上永遠露著微笑。

她很會唱歌，歌聲悅耳動聽極了，看來就是「有練過」的架式。

而更令人不可思議的是她還很會跳舞，她圓滾滾的身材跳起「交際舞」時動作靈活俐落，真令人瞠目結舌、刮目相看，還真印證了「人不可貌相」這句話。

初識沒幾天後，我們又有機會二度見面。個性豪爽的她打開話匣子與我們無所不談。

在天南地北的聊談中，其中，讓人印象最深刻的是她小弟的故事。

美華是家中老大，她的兩個妹妹和大弟皆已成家，只有今年四十多歲的小弟未婚，和母親、大哥住在一起。

有天晚上，她忽然接到小弟打來的電話，那是通「邊哭邊講」的傷心電話。小弟說他生病了，工作也無法做了，所存的積蓄也因看病快花光了，他在家裡每天看兄嫂的臉色、聽著冷言冷語，而年老的母親看在眼裡亦愛莫能助，身上的病痛和這種精神上的折磨讓他幾近崩潰，在無處可去之下只好求助大姐，他泣不成聲的請求她能否「收容他」？

當下美華愣住了，在娘家成員中小弟一向與她互動最少，幾近生疏。而身體一向健康，每天快樂工作的小弟怎會忽然生病？而且好像病得不輕……。聽著小弟的哭訴，血濃於水的手足親情讓她不忍拒絕，她說：「好吧，你就來住我這兒好了。」

電話一掛斷，小弟火速搭車趕來，住進家裡的客房。從此她肩上的責任也開始了。她噓寒問暖，照顧著他的三餐，她陪他到醫院就診，她開始由醫生口中逐步來瞭解小弟的病情……。

經過反覆的檢查後，令人意外的是她的小弟竟然罹癌，且已是最末期了。這個報告讓她十分震驚，她與醫生幾經思量，最後決定一起隱瞞真相，用「善意的謊言」讓已住院多日的小弟安心在院中「盡人事，聽天命」。

美華說她有靈異體質，因此夜晚亦極少出門，而這輩子「最排斥、最害怕的事」就是「上醫院」，她偶有生病感冒時都上診所就診拿藥，從未上醫院過。而這回為了小弟，即使她眼冒金星、頭皮發麻，千萬個不願意到醫院來，也不能棄小弟於不顧。

她的妹妹和弟弟都以有家庭要照顧為推托之辭，來醫院也只是蜻蜓點水「探望一下」就閃人，小弟住院內的所有事情都由她一肩扛起，她白天陪他閒談，夜晚陪他「住院」。

她眼看著躺臥病榻上形銷骨立的小弟，明知治癒無望，還是得強顏歡笑，不斷地以謊言來安慰、安撫他。可有時忍不住情緒，又不敢在他面前流淚，只能跑到洗手間去偷偷地哭。

她整整在醫院陪伴、照顧小弟達三個多月。這段艱難的病房時期讓已當「阿嬤」的她在體力和精神上都倍感壓力與挑戰，她怕有朝一日倒下的是她而不是小弟。

她大罵已婚的弟弟、妹妹們的自私、無情與忘恩負義。單身的小弟因無「家室之累」，所以兄、姐們只要誰經濟上有急需，他必毫不猶豫的慷慨解囊相助。可當他生病、丟了工作、沒錢了時，他們都視他為洪水猛獸「避之唯恐不及」，都躲得遠遠地，完全無視於小弟昔日對他們的恩情，無感於他對她們的好。弟弟、妹妹們這樣的「回報」真令做大姐的她寒心寒到骨子裡去了。

所幸，天無絕人之路，很少與她互動的小弟在他最困頓最需要幫助、陪伴時，上天給了她一個「天使任務」，讓她這大姐不離不棄一直守護在他身邊。

她小弟後來氣切，不能言語。有一次，她無意中看到護士在替他抽痰時心情很不好的臭著一張臉，且動作極為用力、粗魯，她看著管子裡佈滿血絲的痰，看著小弟無言的扭曲的痛苦表情，她氣炸了，當場發飆數落著護士，要她有職業道德，要「將心比心」，說如果今天的病患是妳親人，妳會把個人不快的情緒發洩在他身上嗎？身為「白衣天使」就是要「視病如親」，要有愛心、耐心，病人在病痛中已經很可憐了，妳卻趁家屬不在場時這樣依個人情緒來工作？護士被她說得滿臉羞愧，低頭道歉。

她說，從此她在醫院又多了一項工作做，那就是「時時監督」著每位護士、醫生對待病人和病患家屬的態度是否盡忠職守？是否「和顏悅色」？如是「不可一世、趾高氣昂」的，她心中那「正義之氣」必然發作，當場給予糾正。所以，醫院中有些服務態度較不好的護士、醫生都被她盯得超級「和藹可親」。聽到這裡，我們都笑了起來，原來她在陪小弟住院時還肩負著「教育者」的使命，她的雞婆個性對病患而言，還真是功不可沒，功德無量啊。

三個多月後的某時，她感應到她小弟的時間快到了，日子應該就在這兩、三天內。而她這麼長期照顧下來，覺得好累好累，她想歇一會兒，想回家中好好洗個澡，好好睡個覺。她不斷的拜託、懇求大弟弟無論如何都得抽空來陪小弟住一晚，一晚就好。

那晚大弟終於現身來接班了。她鬆了一口氣，放心地回到幾乎陌生的家，吃好晚餐、看點電視、洗好澡躺臥在舒適的床上正準備入眠時，不料，身旁「鈴、鈴、鈴」地手機響了。她幾乎從床上跳起來，凌晨一點多，在這麼敏感的時間裡「手機響了」，她心知不妙。果然，電話中護士小姐告訴她：「妳親人往生了」。「我弟呢？怎麼會是妳通知我？」她急切的問著護士小姐。「妳弟不在這裡，他喝酒去了，我剛好來巡房發現的……。」

美華當下又驚又氣，為什麼老天如此捉弄人？小弟竟在無人陪伴下悄悄地往生了。為什麼擔任「看護」才一晚的大弟弟還有心情跑去喝酒？為什麼偏偏就發生在她回家的這一晚？她前腳才離開醫院，覺都還沒睡，小弟竟然就急匆匆地走了！而且是在沒任何親人陪伴中孤伶伶的走了。她懊惱、悔恨萬分，她這三個多月來的照顧、陪伴，在「緊要關頭」時卻缺席，她功虧一簣，她深深自責，內心滿是對不起小弟的悔恨與愧疚……。

說到這裡，美華很激動，難掩那悔恨與愧疚的情緒。我們安慰她，說她已盡心盡力，沒有任何虧欠小弟的地方。而上天有好生之德，不忍讓她過於傷心、痛苦、難過，所以選擇讓她「不在場」時帶走他。

「沒想到我最害怕上醫院，偏偏老天爺派我來

『住醫院』接受這麼久的考驗，真的是『千算萬算，不如老天一算』，想閃躲都閃不了啊。不過，老天也給我一個最大的收穫，就是我瘦了二十公斤哩。」她恢復笑顏說著這「驚人的成果」，讓我們不禁也笑了。

在辦完她小弟的後事時，心寒的她憤而昭告諸弟妹們說：「以後我們不要談什麼手足親情了，我不想和你們有任何往來，有事別來找我」。

美華萬萬沒想到一向健康的小弟竟在四十幾歲的壯年就忽然走完了人生的道路。她多希望這只是個「惡夢」，一覺醒來，她小弟還在人間。

自從經歷過她小弟這突如其來的震撼事件後，美華忽然驚覺、感悟到原來生命是這麼的無常與脆弱。因此，從今而後，她要好好把握當下的每一個日子，她要好好「善待自己」，趁著眼睛能看、雙腳能走時時常四處旅遊，和朋友泡茶開心談笑，每天快樂過日子。

是的，她做到了，雖然老公不在她身邊，但我們都感受到她言談舉止間所散發的開朗與快樂。

是的，我們能自由呼吸，自由跑跳行走，我們活著就是一種幸福，我們無須為無謂的事來煩惱憂愁。活著就是一種享受，每天都要開開心心過日子。

因為，當我們每天夜晚睡眠後，我們有沒想過？當我們每天早晨睜開眼睛醒來時，迎接我們的是「明天」先到？還是「意外」先到？

所以，親愛的朋友，雖然說「有錢真好，有閒更好」，但別忘了加一句「有健康才是寶」。在這無常的世界裡，真正的財富是「健康」，只有健康的身體才是真正的無價之寶啊。

春天的四月

春天的四月，寒冬早已悄然溜走，春的腳步、夢的輕履默默地自遙遠而來，輕柔地踩在青青的田野上。

春天的四月，陽光暖暖的，如詩般的溫柔。看著青春年少的學子們，我羨慕著他們那炫麗的黃金時光，年少的青春如一雙雙的翅膀在天空裡自由歌唱、展翅遨翔……。

春天的四月，是屬於情人的季節。五彩繽紛的花兒奼紫嫣紅處處綻放，真個是萬紫千紅總是春，花前月下好談情。

春天的四月，大地春回，在心中許下夢想吧，趁著青春年少好好努力，蓄勢以待，在人生的旅程上揚帆起航，勇敢出發。

春天的四月，我在院子裡新種了桂花、百合、玫瑰、菊花，每日勤澆水，看看院子裡綠意盎然，紅花綠葉，蝴蝶翩然飛舞，心情也很春天。

春天的四月，一大清早，小鳥兒三三兩兩總在窗外廊上或嘰嘰喳喳聊談或啁啾啁啾輕快的唱歌。難怪大哥回金來家中小住時總笑著說：「每天早晨都被小鳥叫醒哩。」這是他長年居住台北從未曾有過的新鮮體驗。

春天的四月，走在小路上極目四望，啊，白雲在藍天漫步，綠樹在向我招手，田野到處是一片青蔥翠綠在迎接我。啊，春天來了，春天來了，春天來了，春天就在你我身邊，在我眼中在我心中，春天是如此明媚多姿，春光是如此燦爛，處處繁花似錦，春天的容顏是如此的嬌美亮麗，我怎能再窩在家中當宅女呢？

春天，是四季之首，一年之季在於春，拋開之前一切的不愉快吧，即使曾經經歷過的種種磨難，都當作是種磨練，不經一番寒徹骨，那得梅花撲鼻香。我們的心靈小屋也需要擦拭積累的灰塵，打開窗讓春光照拂啊。

在這春天的四月，四月的春天裡，期許自己今後更加努力充實自己，迎接每一個不斷向前行的美好日子，讓春天永遠在我心中……。

語言文學類　PG0642

高手

作　　者 / 黃珍珍
責任編輯 / 蔡曉雯
圖文排版 / 王思敏
封面設計 / 陳佩蓉

發 行 人 / 宋政坤
法律顧問 / 毛國樑　律師
印製出版 / 秀威資訊科技股份有限公司
114台北市內湖區瑞光路76巷65號1樓
電話：+886-2-2796-3638　傳真：+886-2-2796-1377
http://www.showwe.com.tw
劃撥帳號 / 19563868　戶名：秀威資訊科技股份有限公司
讀者服務信箱：service@showwe.com.tw
展售門市 / 國家書店（松江門市）
104台北市中山區松江路209號1樓
電話：+886-2-2518-0207　傳真：+886-2-2518-0778
網路訂購 / 秀威網路書店：http://www.bodbooks.com.tw
國家網路書店：http://www.govbooks.com.tw
圖書經銷 / 紅螞蟻圖書有限公司
114台北市內湖區舊宗路二段121巷28、32號4樓
電話：+886-2-2795-3656　傳真：+886-2-2795-4100

2011年11月BOD一版
定價：290元
版權所有　翻印必究
本書如有缺頁、破損或裝訂錯誤，請寄回更換

Copyright©2011 by Showwe Information Co., Ltd.
Printed in Taiwan
All Rights Reserved

國家圖書館出版品預行編目

高手 / 黃珍珍著. -- 一版. -- 臺北市：秀威資訊科技, 2011.11
面； 公分. -- (語言文學類 ; PG0642)
BOD版
ISBN 978-986-221-853-2(平裝)

855 100019224

讀者回函卡

感謝您購買本書，為提升服務品質，請填妥以下資料，將讀者回函卡直接寄回或傳真本公司，收到您的寶貴意見後，我們會收藏記錄及檢討，謝謝！

如您需要了解本公司最新出版書目、購書優惠或企劃活動，歡迎您上網查詢或下載相關資料：http:// www.showwe.com.tw

您購買的書名：________________________________

出生日期：________年________月________日

學歷：□高中（含）以下　□大專　□研究所（含）以上

職業：□製造業　□金融業　□資訊業　□軍警　□傳播業　□自由業

　　　□服務業　□公務員　□教職　□學生　□家管　□其它_____

購書地點：□網路書店　□實體書店　□書展　□郵購　□贈閱　□其他

您從何得知本書的消息？

□網路書店　□實體書店　□網路搜尋　□電子報　□書訊　□雜誌

□傳播媒體　□親友推薦　□網站推薦　□部落格　□其他_________

您對本書的評價：（請填代號　1.非常滿意　2.滿意　3.尚可　4.再改進）

封面設計____　版面編排____　內容____　文／譯筆____　價格____

讀完書後您覺得：

□很有收穫　□有收穫　□收穫不多　□沒收穫

對我們的建議：________________________________

____

____

____

請貼
郵票

11466
台北市內湖區瑞光路 76 巷 65 號 1 樓
秀威資訊科技股份有限公司 收
BOD 數位出版事業部

(請沿線對折寄回，謝謝！)

姓　　名：________________ 年齡：________ 性別：□女　□男

郵遞區號：□□□□□

地　　址：____

聯絡電話：(日)________________ (夜)________________

E-mail：____